出版的灯光

郝铭鉴 著

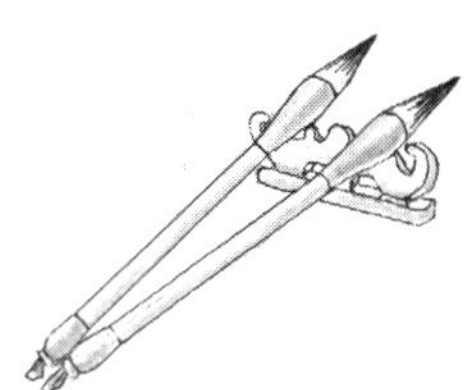

上海文化出版社
上海咬文嚼字文化传播有限公司

我对“灯光”情有独钟

（自序）

这是一本编辑随笔集。

我的职业理想是教师，却与编辑结下了不解之缘。毕业分配原分在上海电影制片厂文学部，为了圆我的职业梦，想方设法换为中华印刷厂职校，谁知到出版局报到时，却被局里改分到上海人民出版社。当时正值“文革”肆虐时期，我在“人民”呆了不到半年，便开始了身不由己的长达十年时间的“折腾”：一会儿在工宣队，一会儿在“五七”干校，一会儿又到了“市革委会”文教办公室。直到1978年重新分配工作，仍旧是出版社——上海文艺出版社。命里注定了这辈子要吃编辑这碗饭。

早在学校读书时，我便喜欢随笔作品。魏金枝先生当时是我们中文系的系主任，但他的主要身份是上海作协副主席，负责编《上海文学》《收获》等刊物。

他写有一本《编余丛谈》，其中大都是编刊体会，我曾一读再读，留下了很深的印象。在魏先生的潜移默化之下，到出版社工作以后，我也开始学习写作编辑随笔。

我的第一篇随笔，题为《从“笑嬉嬉”说起》，是投给北京的《出版工作》的，没想到竟受到了鼓励，从此一发而不可收。开始是给刊物写，除《出版工作》外，还有《上海出版工作》；后来给报纸写，从上海报纸写到外地报纸，写得多的，当数《文汇读书周报》；2002年，我接手主编《编辑学刊》，刊物的“卷首”一般都是交代编辑事务，或者点评当期文章，我却把它改造成了由我本人执笔的随笔专栏。

我之所以喜欢随笔，主要是觉得它自由，灵活，兴之所至，笔之所至，想到什么，就写什么，就出版现象和读书生活即时发声，有一种“我思故我在”的乐趣。但随着年龄的增长，逐渐显得力不从心，特别是在正式退休以后，不知不觉地处于边缘状态，成了“不知有汉，无论魏晋”的桃花源中人，再写“卷首”，便有了“为赋新词强说愁”的尴尬。每到刊物发稿前夕，姚丹红副主编给我说 ：“郝老师，……卷首下周要发稿了。”她说得柔声细气，但在我听来却如炸雷凌空，无异黄世仁登门。以后一连几天，便处在寻寻觅觅之中，晚上刚想了个开头，早晨又觉得一无是处，几乎每一篇都有一个折磨的过程。

我曾几次提出就此搁笔，希望他们另请高明，但一直没有得到允许。孙欢主编晓之以理，说这个栏目已形成特色，关系到刊物形象，要求我以大局为重；姚丹红副主编则动之以情，今天说张三为我的文章点赞，明天说李四是我的粉丝，仿佛我一旦搁笔，就欠下了天大人情似的。我是一个耳朵软的人，终于欲罢而不能，期期难写期期写，至今还未跳出苦海。

人贵有自知之明。我知道自己的弱点所在。在我的文字中，看不到宏大叙事，看不到热点解读，虽不至于是“白头宫女在，闲坐说玄宗”，一味发“思古之幽情”，但也只是找一些小角度，发一些小议论，缺乏令人震撼的厚重感。不过，我从不敷衍读者。我坚持从自己的职业经历来思考出版，“我手写我口”，我口道我心，不故作惊人之语。在文字方面，也是力求干净一些，顺畅一点，宁可清浅见底，卑之无甚高论，不想让人丈二和尚摸不着头脑，徒增阅读的痛苦。知我笑我，悉听读者诸君发落。

收入本书的文字，大都写于 2009 年以后；2009

年以前的，已选入《心中要有块石头》一书。为了让阅读有点节奏感，全书勉强分为三辑，分别是编识、编品和编艺。“编识”谈的是对出版大势的判断，出版本质的理解；“编品”谈的是编辑的自身修炼，既包括个人品质，也包括职业素养；“编艺”重点在案头功夫，特别是文字能力。三者只是大致区分，并无严格界限。

最后，对书名作一个交代。说到出版，我对“灯光”情有独钟。书籍是人类智慧的灯光。朱光潜先生说得对，没有书籍，人类就只能处在茫茫暗夜之中。编辑就是传承“灯光”的使者。为了做好出版工作，编辑心中也要有“灯光”，心明才能眼亮，否则，在文化选择中，难免会找不着北。在现实生活中，编辑总习惯与灯光为伴，继承“青灯黄卷”传统的，编辑中大有人在。“灯光”塑造着出版的形象。

是为序。

2017 年 2 月 16 日

目录

敢问路在何方?

新版《西游记》正在播出，“敢问路在何方”的旋律又在耳边响起。

出版人曾有自己的幸福年代。遥想当年，上海文化出版社的《文化与生活》刚刚创刊，便风行全国，洛阳纸贵。别说在书店里是紧俏货，就是自己社里，每位员工也只能分到四张“购刊券”。我当时有一张，是专门留给《新民晚报》总编辑束纫秋先生的。连这样重量级的文化人都青睐这本刊物，可见它火的程度!

六十年风水轮流转。如今出版人的生存状况如何？用一个网络词语来回答，那就是“鸭梨山大”！既要忍受市场的无序竞争，又要面对新兴媒体的严峻挑战；既要担心作者资源的大量流失，又要苦恼社会阅读口味的难以捉摸。山重水复疑无路的出版

人，听到“敢问路在何方”的旧时旋律，自然别有一番滋味在心头。

出版人要突围，在战略的定位上，一定要学会开专卖店，而不是百货公司。专卖店只此一家，展示的是个性；百货公司虽然琳琅满目，却未免大同小异。当我们刚走出文化禁锢时，百货公司式的出版，也许可以满足人们最迫切的需要、最基本的需要，生意兴隆是不难想象的；但我们今天已走过这段历史。随着文化的大发展大繁荣，人们的精神生活进入了一个新的境界，选择意识和选择能力大大增强。只有富有个性的出版，才是真正有吸引力的出版。内容为王，有个性的内容是王中王。

出版人要突围，在内容的开掘上，一定要学会办焦点访谈，而不是新闻联播。焦点访谈重视的是深度，新闻联播追求的是广度。焦点访谈的切入点虽小，但它抽丝剥茧，层层深入，让人们更接近事物的本质。新闻联播五花八门，可只是蜻蜓点水，留下的是浮光掠影。中国出版长期经历的是新闻联播式的竞争，同一题材在同一层面上翻过来覆过去，你方唱罢我登场，看上去似乎热闹非凡，最后留下的是一地鸡毛。只有投入更多的编辑智慧，坚持走焦点访谈的路，努力在深度上下功夫，才能曲径通幽、豁然开朗，迎来柳暗花明又一村。

出版人要突围，在形势的判断上，一定要学习富士，而不能重蹈柯达的覆辙。柯达曾是世界仰望的胶卷王国。它有131年的光荣历史，占有世界胶卷市场三分之二的份额，拥有1100多项技术专利，事业的辉煌让人目眩。然而，在面临数码技术的冲击时，它的对手富士公司与时俱进、未雨绸缪，甚至不惜颠覆自己的业务结构；而它却对形势作出了错误的判断，一味地守摊子，拒绝实质性的变革，连自己首先发明的数码相机技术也束之高阁，终于，落到申请破产保护的田地。今天出版同样站在历史的转折点上，出版人应审时度势、高瞻远瞩，丢掉一切侥幸和恐惧，继东坡高唱大江东去，做时代的弄潮儿。只有敢于拥抱明天的人，才是真正拥有前途的人。

“敢问路在何方？”——“路在脚下！”

(2012年3月)

纸书还能“撑”多久?

这些年来，出版人仿佛成了惊弓之鸟，隔三岔五就要被网络吓唬一下。

这不，就在一个月前，《2014年新闻出版产业分析报告》出台。这份报告以罕有的坦白向世人宣布：“报刊业全方位深度下滑。”比如报纸，营业收入同比下降10.2%,利润总额同比下降12.8%。其实，就是不说这句话，从业者对此也早已心知肚明；现在捅破了这层窗户纸，用的又是“全方位”和“深度”这样的重量级词语，其震撼力却是出人意料的。一时兔死狐悲，“哇”声一片，传统出版的前途再次引起关注。正像当年担心“红旗还能打多久”一样，有人忧心忡忡地问：纸书还能撑多久？

谁都知道网络凶猛。别的不说，就说发展速度：

同样拥有5000万受众，广播用了38年，电视用了13年，网络只用了短短的4年。网络横空出世以后，人们的学习方式、思维方式乃至生活方式，遭到了空前的颠覆。而且，网络的生存形态不断求变：门户网站亮相不久，博客应运而生，人人都是新华社，个个都是中央台；博客正大行其道，微博后来居上，大V粉丝日日狂欢，皇帝批奏章的感觉引人入醉；紧接着微信登台，一个个朋友圈开疆辟土，重新瓜分传播版图；如今轮到公众号崭露头角……网络一路呼啸而来，大有独步天下之势，有哪家传统媒体抵挡得住？

然而，我还是不能接受“纸书还能撑多久”的这个“撑”字。撑，貌似顽强，其实内心已经崩溃。凡事到了“撑”的阶段，必然气数已尽，在劫难逃，“撑”不过是凭借惯性所作的姿态而已。“撑”总是撑不住的。今天，“纸书”难道已经到了“撑”的阶段了吗？当然不是。“撑”是对形势的一种误判。面对网络的高歌猛进，传统出版可不能乱了方寸。

网络凶猛在哪里？一是实现了瞬间传播，二是拥有海量信息，三是可以无穷链接。100多年前，美

国总统林肯在戏院包厢里遇刺，这一消息一个多星期后，才飘洋过海传到伦敦。100多年后，美国另一位总统里根遇刺，通过越洋电话5分钟后英国首相就获知一切。而2001年同样发生在美国的“9•11”事件，两秒钟之后传遍全世界，第二架飞机在全球几亿、十几亿人的注视下撞向世贸大楼。这就是网络的力量。在新闻传播方面，它让一切传统媒体望尘莫及。

可是，乌龟为什么一定要和兔子赛跑呢？网络有网络的优势，纸书同样有纸书的魅力。不同的媒体

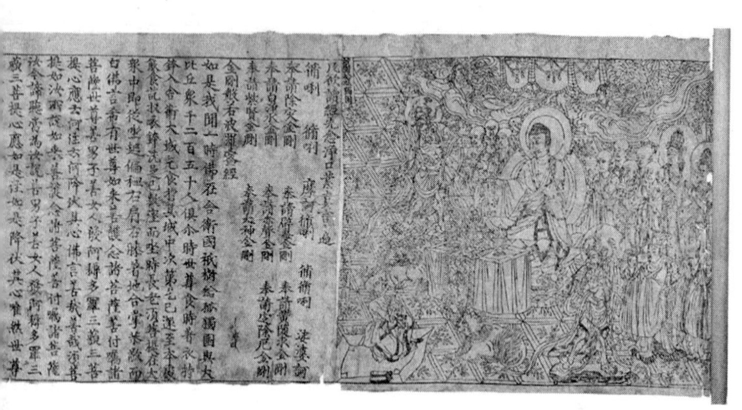

现存有纪年的最早印本纸书——唐咸通九年（868）雕版印制的《金刚经》

有不同的生存哲学。和网络的速度相比，未来的纸书特别要注重内容的经典化、形态的艺术化和文字的权威化。经典是筛选和积淀的结果。网络靠速度为读者赢得时间，纸书凭借经典可以为读者赢得更多的时间。网络是虚拟的，纸书是物化的。出版人要努力把书做得像书，不仅有阅读价值，而且有把玩价值，真正让人爱不释手。文字是网络的短板，恰是纸书的强项。礼失而求诸野，语失应求诸书。纸书代表着语言的极致，其价值不是网络能替代的。

走好自己的路，让网络去呼啸吧。

（2015年9月）

瞧，他们在打赌！

不断有人在给纸媒算命！

两个月前，即2012年的12月，FT中文网总编辑张力奋在新浪微博中说：“纸媒，正在成为一座‘孤岛’。它最后一代读者已步入中晚年。广告源快速萎缩，发行成本上涨。一些西方报纸已在悄悄估测停印纸版的时间表。物种或产业濒临危机，令我们想起‘达尔文主义’。纸媒面临的是如何完成读者的‘迁徙’，将他们送达数码大陆的彼岸。”

说句实话，作为一名纸媒的守望者，面对这样的判决，在感情上是难以接受的。于是，我发表了如下的评论：“各位就这么肯定吗？竹简在纸张面前，也许一无是处，所以很容易被淘汰出局；而纸张在网络面前，却有着至今仍为读者无法割舍的优势，不至于一触即溃。说纸媒的最后一代读者已进入中晚年，未免过于草率了吧。纸媒肯定要让出不少地盘，但迎来的是多媒体的共存时代，不可能是网络一枝独秀。”读者从中不难发现我内心的一种不安。

就在今天——癸巳蛇年的正月初六，网名叫“传媒老王”的在看完了《报业帝国》和《李普曼传》两书后，回想纸媒曾有的辉煌，不禁百感交集。他不无悲壮地在微博中又一次为纸媒算命：“这两本书看得我很伤感，但我依然坚信，中国的报纸还有五年的黄金发展时期，尤其是地方党报和都市报。”谁知话音未落，北京大学新闻与传播学院的阿忆跳将出来，斩钉截铁地说：“咱打赌吧，兄弟我赌只有两年存活期，而且，不是啥‘黄金发展时期’，是‘垂死挣扎的存活期’。”“传媒老王”不甘示弱：“打赌！两年死输你两万，五年不死你输五万。”一个热点话题顿时形成。

现在，一群人正在网上围观。有些人附和阿忆，有些人力挺老王。这次，本人没有凑热闹，因为在我看来，他们看上去是对立的双方，其实都是纸媒的悲观派，不过是两年和五年之争。这又有多少区别呢？我们对纸媒的感情，是和阅读联系在一起

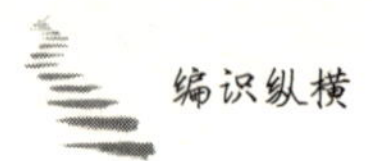

的。纸媒的发展史，其实就是人类阅读的发展史。阅读说到底是一种精神现象。只要有人类存在，就必然有阅读的需求存在。阅读的对象可能改变，阅读的方式可能改变，但阅读的实质不会改变。——这是人类锤炼思想、陶冶情操、传播知识的一种精神生活方式。

所以，我们大可不必为纸媒伤感。天下万物，皆有它自己的生命周期，“不为尧存，不为桀亡”，纸媒也不例外。纸媒即使消亡，阅读仍在继续。我们作为出版人，最大的职责是积累和传播人类的智慧，满足人类对阅读的需求，建立精神领域的生态平衡，而不是捍卫纸媒的生存。只要能完成出版人的历史使命，我们既可以与纸媒为友，同样也可以与网络结盟。当务之急倒是应该研究如何建立内容优势，如何增强传播效果，如何激发阅读热情，否则，即使把读者“迁徙”到了“网络的彼岸”，面对着汹涌澎湃的信息海洋，人们仍会感到空虚。

（2013年3月）

“二十年后……”

2011年8月17日下午，上海书展揭幕的第一天，一场思想盛宴——“书香中国”阅读论坛正在举行。这场活动的主持人是上海电视台的骆新先生。他和现场嘉宾作了一番互动以后，冷不丁地抛出一个问题：“二十年后，还会有上海书展吗？”这个问题的针对性和尖锐性，顿时让全场陷入了思考。

“二十年”是一个时间概念。这是一段不长不短的时间。说它长吧，并不是遥不可及；说它短吧，又不是近在眼前。但这段时间已足够让一切变化有了可能，也让一切坚持有了价值。正因为此，在语言表达中，“二十年”仿佛成了一个固定结构，连阿Q都能无师自通地说出半句：“二十年后又是……”想一想二十年后的出版，无疑能让我们增加一分清醒。

骆新先生很可能是想到了数字出版的挑战。自从数字技术问世以来，不断有人为纸质图书算命，断言纸质图书已危在旦夕。当然，大部分出版人还难以接受这个结论。全英书籍联盟会长巴莫戈先生曾经说过：“迄今为止，我曾五次听到图书即将寿终正寝的话……即使这样，图书依旧生存下来了。”这段话让传统出版守望者感到振奋。然而，我们不能不看到，今天图书受到的冲击是史无前例的。巴

面对着上海书展的辉煌，为什么
出版人的心头却有着一丝不安呢？

莫戈先生当年面对的是留声机、广播、无声电影、有声电影、电视，这些尽管开创了新的传播形式，但毕竟不能取代图书；而今天的数字出版却是和图书短兵相接，展示出了惊人的速度和容量，而且正在拥有纸质图书的一切优点。纸质图书一旦从现代生活中淡出，我们还能有上海书展吗？

或许，骆新先生还想到了来自读者的挑战。这些年来，读者处于前所未有的不安之中。图书在他们眼里，似乎已不那么可爱，甚至已不那么可信。不少人患上了“厌书症”。有关部门一年年统计阅读率，犹如医生给病人检查体温一般，其中的惴惴不安是可想而知的。《阅读史》的作者曼古埃尔说：“每本书都自成一个世界，可以让我逃到里面避难。”今天的图书还有这样的吸引力吗？在一次座谈会上，有位读者发言说：“我把书当作情人，不料一次次遭到戏弄。有些书看上去明眸皓齿，读起来却空洞无物，甚至差错连篇。”读者的忍耐是有限度的。一旦读者拂袖而去、风流云散，我们还能有上海书展吗？

说句实话，骆新先生提出的问题，我没有一个明确的答案。不过我想，如果是因为数字出版的崛起，二十年后不再有上海书展，那我们应该敲锣打鼓庆祝辩证法的胜利，庆祝传播技术的胜利。我们相信，文化薪火不会因为载体的改变而中断。但如果是因为读者的心灰意冷，而让上海书展难以为继，那今天的出版人是难辞其咎的。历史是一个过程。二十年后尝到的苦果，其实在今天已经萌芽。这棵树可能正是我们自己栽下去的。

为了对得起历史，让我们都来想一想“二十年后……”吧。

（2011年9月）

出版好有一比

为了凸显某种职业的特点，常用的手法是打比方，比如把教师比作园丁。但似乎很少有职业能像出版这样，涌现出这么多的奇比妙喻。我想，这也许和职业内涵的丰富性有关。下面且说几个和各位分享。

夏衍，人称夏公，这位棱角分明的老人，20岁前就编过刊物。编选《中国新文学大系》期间，本人有幸多次到夏公府上拜访，有时候谈完正事，也会聊聊编辑工作。一次老人说，做编辑的就好像厨师，各式稿件无非是原料，一经编辑之手，便能做出一桌好菜。顺着这一思路，夏公总结说，什么是好编辑呢？第一要有良心，不能用臭鱼烂虾做菜，吃坏读者的肚子；第二要有手艺，刀工要精，火候要准，做出菜来色香味俱全，吊起读者的胃口。多

少年过去了，夏公的这一比喻，仍像耳提面命一样，在我的耳边回响。

老丁，丁景唐先生，典型的学者型出版家。他在现代文学史研究领域硕果骄人，在出版领导岗位上，同样表现出了敏锐的文化眼光和卓越的组织能力。我经常在他家里一边翻书，一边听他用浓重的宁波口音谈文坛掌故。一天他指着良友丛书中的一本对我说：“你看，这就是出版人的形象！”书上印着一幅木刻，一个头戴草帽的农民，肩上挂着谷

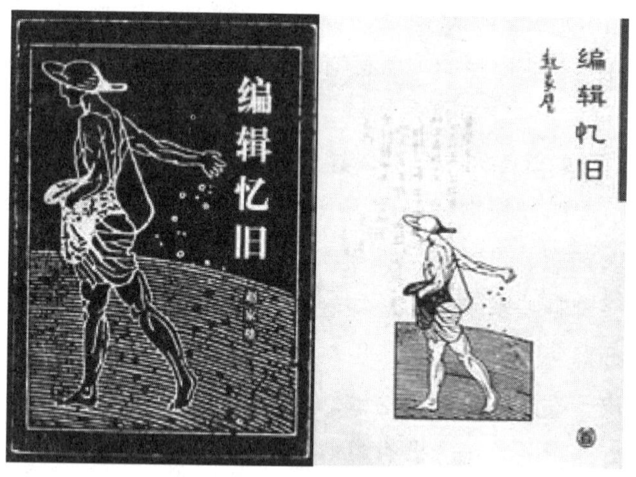

赵家璧先生的回忆录《编辑忆旧》，以“播种者”为封面图案

种袋，正在田野里扬臂播种。老丁的比喻是：“从事出版工作的人，都是精神食粮的播种者。”良友丛书的责任编辑赵家壁先生出版回忆录时，老丁曾在《人民日报》上发表书评，称赞赵老的回忆是“播种者的回忆”。

屈指算来，和江曾培先生相识已超过了四十年。我们曾在一个办公室里共事，还在一个小区里生活，既是同事又是近邻。长期近距离地接触，我觉得在中国当代出版界，老江称得上是一位“思想者”。他当过社长、总编，主编过各种风格的刊物，有着丰富的编辑实践经验；更难能可贵的是，他始终保持着理论思考的习惯。老江曾把编辑比作“助产士”，他有一本谈编辑工作的专集，书名便叫《一个助产士的手记》。第一次接触这个比喻时，我脑子里想到的是林巧稚——一个自己没有孩子，却用无边的大爱，迎来了几万个孩子的医生。老江说的“助产士”，不正是文化生产中的“林巧稚”吗？

日前听了一场演讲，主讲者是香港出版家陈万雄先生。他以“风波一叶舟”为题，谈他三十年来的出版经历和人生感悟。陈先生说，这个题目来自宋代范仲淹的诗："江上往来人，但爱鲈鱼美；君看一叶舟，出没风波里。"演讲一开始，陈先生便说在他的心目中，出版人犹如渔夫，在知识的大江上撒网捕鱼。陈先生是专攻历史的，他还以史学家的眼光，谈到了出版的三十年变迁，指出今天的出版人，是在时代变革的大潮中、在市场经济的风浪中，从事捕捞作业，因此不仅是智者，还应是勇者。陈先生相信传统出版仍有自己的春天，他用港味十足的普通话宣布："我是无可救药的出版乐观主义者。"一席话赢得了满堂掌声。

读者朋友，如果你也来打个比方，那将把出版人比作什么呢？

（2014年1月）

编辑是“渔民”

2016年9月，《编辑学刊》召开过一个座谈会，主题是“寻找出版的突破口”。复旦大学出版社总编辑孙晶在发言中，引用了她老师的一句话：出版是渔民经济，不是农民经济。渔民经济的特点是：“十网九网空，一网就成功。”我是第一次听到这种说法，感觉很新鲜，很形象。当时一边聆听发言，一边浮想涌动，仿佛听到了《渔光曲》里的两句歌词：“轻撒网，紧拉绳，烟雾里辛苦等鱼踪。……”

真的，编辑是“渔民”！渔民和农民的区别在哪里？农民总是守着一块土地，日出而作，日入而息。他们的哲学是“种瓜得瓜，种豆得豆”，相信我不负土地，土地也不会负我。只要自己不误农时，辛勤劳作，“春种一粒粟”自能“秋收万颗籽”。而渔民面对的是苍茫的大海，他们要在波峰浪谷中穿行，要在疾风暴雨下作业。渔民的生活充满了未知数。如果说农民的可贵在于执着的话，那么，渔民的可贵则在于冒险。出版也是这样，一本书投入市场，其命运是很难料定的。在当今的互联网时代，读书方式、读书趣味发生了巨大变化，图书市场更为波诡云谲。一个称职的编辑，应该像渔民一样，首先要敢于扬帆出海，敢于搏风击浪。

《编辑学刊》召开的总编辑座谈会——
“寻找出版的突破口”会议现场

“君看一叶舟，出没风波里”，不正是编辑形象的写真吗?

渔民要有冒险精神，但这种冒险并不是盲目的。近水知鱼性，近山识鸟音。有经验的渔民，即使大雾弥天，也能熟悉鱼群的踪迹。“烟雾里辛苦等鱼踪”，这可不是瞎等啊！在我国沿海地区，流传着不少渔谚，什么“麦头黄，黄鱼旺”，什么“大水捕黄鱼，小水捕墨鱼”，连《太平广记》里，也收有“夏发东南风，乌贼靠山拢”之类谚语。这些都是渔民在长期捕捞实践中作出的总结。编辑既然是“渔民”，就要善于观察“鱼汛”，善于总结经验。“十网九网空”，开始时难免如此，但网空脑袋不能空。每一次网空都要引出教训，找出网空的原因。编辑是在一网又一网的实践中走向成熟的。

当年学唱《渔光曲》时，我很喜欢“轻撒网，紧拉绳”这两句。我觉得一个“轻”字，一个“紧”字，既唱出了渔民的神态，又唱出了渔民的心态，听起来特别传神。“轻撒网”是敬畏大海，“紧拉绳”是相信自己。作家柳杞写过《夫妻船》，作品中的主人公便深谙撒网拉绳的三昧，在鱼汛来临时，他们唱的是：“三更穷，四更富，五更盖大屋。”《渔光曲》这两句歌词若移到编辑身上，可以视为一种职业姿态。无论是面对作者还是面对市场，编辑都要学会“轻撒网，紧拉绳”，该小心处要小心，该出手时要出手，千万不能眼睁睁地放掉“一网就成功”的机会。

孙晶总编辑赞成编辑是“渔民”，是有她自己的想法的：长期以来，我们强调市场经济，要求图书本本赚钱，亏本就是失败，就是缺乏眼光。这其实违背了出版工作的规律。别说有些书根本就不应该赚钱；即使可以赚钱的书，在复杂的市场环境中，也不一定赚得到钱。一切都是由渔民经济决定的。所以，做出版一定要允许失败，要敢于出一些赔本的书。诚哉，斯言！为孙总点一个赞。

（2017年1月）

判断力，你在哪里?

女儿一家旅居日本，住在东北地区的仙台市，是这次东日本大地震的重灾区。当地通信恢复以后，我们便天天通话，由此获得了不少“一线消息”。其中谈到一个场景，至今仍让我不寒而栗。

3月11日下午强震以后，日本有关方面立即发布了海啸警报。住在海边的居民，纷纷驾车撤离。没想到因为交通信号灯熄灭，车子堵在交叉路口。开始还可以疏导，很快便水泄不通。值勤警察见状，立即挨个敲打车窗，劝告驾车人弃车逃生。公路两边的高楼上也响起了喇叭，招呼驾车人到楼上避难。可是，响应者寥寥！有人已经打开车门，看到别的人没动，又重新回到车里。结果转眼之间，狂涛巨浪呼啸而至，车子就像玩具一样被席卷而去。据警方的统计资料，单是宫城县一地，被卷走的车

子就达14.6万辆，其中不少车内有人。

为什么不逃呢？东北大学的一位教授说，因为人们失去了判断力。在那样的情况下，判断力是何等重要啊！逝者已矣，生者惊魂。这位教授呼吁政府要开展关于判断力的社会教育。

地震的这幕惨剧，在后来的很多天里，一直浮现于脑海中。我为驾车人的一念之差感慨唏嘘。并由此产生了奇怪的联想。如果出版单位可以比喻为车

日本宫城县海啸现场，一周年以后仍是一片狼藉。日本国民对灾后重建不力，普遍表示不满

子的话，那么，有些车子不也堵在交叉路口吗？它们不能前进，又不想撤退，于是只好硬着头皮“竞争”。结果，或者选题撞车，或者营销掣肘，陷入一片混乱之中。四大古典名著，早在几年前，就超过了200个品种，现在一定更多。外国文学翻译，你方译罢我登场，单是《红与黑》一书，就有50多个译本。教辅领域更是乱象纷呈，不管有没有作者力量，有没有市场需求，大家都想分一杯羹，以致不惜粗制滥造，学生已经叫苦不迭，出版社仍不想刹车。判断力，你在哪里？

期刊同样如此。早在1994年，本人曾牵头创办时尚刊物《HOW》。当时是全国第二家，在它前面问世的，有从法国引进的《ELLE》。两家刊物的风格不同：《ELLE》走欧美路线，《HOW》偏重日本文化。办了不到两年，曾在苏州召开过一次研讨会，讨论中国时尚刊物的发展趋势。当时全国的同类刊物，放宽统计标准，也不会超过30家。谁知就在这次会后，出现了“井喷”现象，别说30家，300家也不止！这种一窝蜂现象，无疑表明判断力出了问题。不是说不能办时尚期刊，问题是要看准市场，量力而行。果不其然，经历过一阵“虚假繁荣”以后，不少刊物便一路下滑，折戟沉沙。试问今天的时尚期刊，还有几家是过得滋润的？

出版是需要判断力的。没有判断力，就谈不上审时度势，谈不上错位发展，谈不上出奇制胜。当年出版前辈张元济们，正是凭借判断力，开创了现代出版的新格局。今天脱颖而出的“黑马”们，没有一家不是凭借判断力赢得喝彩的。中国出版正处于转型期，尤其需要判断力，否则必然会堵在交叉路口。美国出版家约翰• 布莱克曾经说过：“我们选择编辑，并不看重学历，甚至也不看重专业；经验证明，良好的整体素质和敏锐的判断力是必不可少的。”他也把判断力看成是编辑的“必不可少”的素质。让我们问问自己吧，我有足够的判断力吗？

（2011年5月）

刘再复说的禅宗故事

报上读到刘再复的文章，不禁勾起了往事的回忆。当年再复住在北京的劲松小区，夫妻二人、两个孩子，再加上他妈妈，有两处不算宽敞的住房。其中靠南面的一处，离聂绀弩、刘心武很近，这是再复读书、写作的地方。我到北京出差，有时懒得找宾馆，就住在这间房里。再复忙了一天后，晚上会特地跑过来看我，每次都是沏上一壶乌龙茶，再切上一盘橙子，然后海阔天空地闲聊。一次他说了一则禅宗故事，给我留下了很深的印象。

故事情节大致是这样的：两位出家人晚上出门，一人点亮了灯笼，正欲跨出门去，另一人“噗”地一声，把灯笼吹灭了。吹的人说：“心中有灯，何须手上持灯？”禅宗是讲究顿悟的，我是一个缺乏慧根的人，听到这则故事时，似乎心中也有所触动。我问再复："能告诉我故事的出典吗？"他说："好，等我查清楚了告诉你。"谁知世事难料，这次谈话以后，我们再也没有见过面，屈指算来，已经有21个年头。但我不时想到这则禅宗故事。

有次读报，读到一条社会新闻，某小区的一盏路灯坏了，居民打电话到主管部门报修。管理员漫应之曰："知道了，过两天来。"两天过去了，没

刘再复《性格组合论》出版后，在上海文艺会堂作讲座，掀起了"刘再复旋风"

一点动静。居民再一次报修，管理员还是这句老话："知道了，过两天来。"又过了两天，路灯依然没亮。报修的人终于找上门来了。让管理员大吃一惊的是，这是一位盲人。"路灯对于你很重要吗？"管理员有点不解。他得到的答案是："不重要，或者说是不需要，但对于小区的居民很重要。"我顿时想到了再复说的那位出家人。是的，这位盲人的心中是有灯的。这是一盏道德的灯，一盏责任的灯。

这样说也许扯远了，回到编辑的话题上来吧。干编辑这一行的，以传播真善美为己任，心中没有灯是不行的。心中有灯的人，才能坚守先进的出版立场，才能坚持正确的文化选择。再复的邻居聂绀弩先生，心中便是有灯的。聂老先生黄埔军校二期出身，能文能武，才似江河，但一生坎坷。新中国成立前后，他在香港主编《文化报》，看到香港市场上"色情文学、大腿影片、软性音乐"泛滥，立即写下了《论黄色文化》一文，大声疾呼："扑灭黄色文化！在此时此地，是每个严肃的文化工作者的当前急务。"这位"20世纪最大的自由主义者"（周恩来语），无疑是一位“心明眼亮”的文化人。他后来任人民文学出版社副总编时，主持出版了一批优秀古典文学名著，更可看出他的文化眼光。

心中没有灯将会怎样呢？想来人们还没有忘记那本《令人战栗的格林童话》。这可是一本给孩子看的书！它打着“格林兄弟”的旗号，可是贩卖的却是精神垃圾：白雪公主因为乱伦，才遭王后的追杀；公主逃入森林以后，夜夜与七个小矮人交欢；王子爱上死去的公主，是因为有恋尸癖……这里颠覆的与其说是美丽的童话，不如说是纯洁的人性和高尚的道德。以这样的东西赚钱，哪里还谈得上文化理想？哪里还谈得上职业操守？只能说是昧着良心！请注意“昧”这个字，《说文解字》释“昧”说：“一曰暗也。”凡是昧着良心的人，不正是心中没有点灯吗？

（2011年3月）

"一本书主义"

丁景唐先生是我所敬重的老出版家。他今年已是96岁高龄，但只要一谈起现代文学，一谈起编辑出版，立即记忆活跃，思路清晰，兴致倍增。在我探望他时，他曾多次谈到"一本书主义"。他说："编辑就是要编好书，要编出不但有益于当代，而且可以留传于后世的好书。我提倡编辑的'一本书主义'。"丁老说这些话时情真意切，让人怦然心动。

"一本书主义"典出作家丁玲。当年丁玲运交华盖，"一本书主义"是一条重要罪状。据中国作协知情人回忆，丁玲的这一观点，是在青年作家的一次座谈会上提出的。作为从三十年代走来的老作家，丁玲以切身的体会勉励年轻人努力写作，告诉他们至少要写出一部真正有价值的作品，你才能无愧于“作家”这一称号。拳拳之心，殷殷之情，天地可鉴，却被歪曲为毒害青年作家，鼓吹个人主义。那真是一个是非黑白被任意颠倒的年代。

俗话说得好：“宁吃鲜桃一口，不吃烂桃一篓。”“千斤废铁抵不上四两好钢。”一部文学史早就证明，文学从来是只看质不看量的。君不见《全唐诗》中，金昌绪只留下一首《春怨》——“打起黄莺儿，莫教枝上啼，啼时惊妾梦，不得到辽西”，寥寥4行20个字，却以巧妙的构思，生动的

陪丁景唐先生散步。右第一人为《编辑学刊》主编孙欢、第二人为丁先生女儿丁言昭

情节，给读者留下了巨大的想象空间。诗人正是凭借这首五言绝句，在唐诗中占有一席之地，在中国诗歌史上占有一席之地。乾隆皇帝号称写了4万多首诗，今天还有多少人能背出一首两首？

中国如此，外国何尝不是如此？1937年的某一天，一个美国青年作家的聚会，在佐治亚州的亚特兰大市举行。座中有人夸耀自己已写出5部作品，立即有人不服气，说自己已写出8部，又有人说自己已超过10部。一个比一个牛！只有一位身材娇小的女作家坐在一边沉默不语。有人好奇地问她："您写了几部？""一部。"女作家的回答招来了不知是怜悯还是不屑的眼光。当她说出自己写的是Gone With the Wind时，全场瞬间无语。原来她就是玛格丽特•米切尔，《随风而逝》也就是《飘》的作者！她一生只出版了这一部作品，但这部作品被翻译成了29种文字，销售了近3000万册，1937年这年获得了普利策奖。一本书代表着一个文化高度。

由作家的"一本书主义"，丁景唐先生联想到编辑的"一本书主义"。这表现了老一代出版家的文化责任感。在当前我国年出书已超过40万种的大背景下，丁老的提倡具有特殊的意义。试想在这40万种图书之中，又有多少够得上“一本书”的标准了呢？图书说到底是文化的载体。它不仅要积淀历史的思想和智慧，更重要的是要传播当代的发现和创造，不断提升人类的文化制高点。我们既然选择了编辑这一行业，就要自觉承担自己的历史使命，做出和这个时代相称的“一本书”又“一本书”，而不是随着浪头追逐，留下满眼碎屑、连天泡沫。

（2016年1月）

做一个读者是不容易的

又迎来了上海书展。徜徉在书香袭人的展馆中，突然想到了一个问题：做一个读者是不容易的。

走进书展的就是读者吗？不一定。否则，你就很难解释为什么书展上人如潮涌，而大学隔壁的书店却门可罗雀。有些人逛书展其实和逛庙会是没有多大区别的。他们只是想到人多的地方“轧闹猛”，到文化活动现场去“凑趣”，购书不过是“搂草打兔子”。何况，书展上能零距离地接触各路名人，增加以后“嘎三胡”的资本，何乐而不为呢？

买一大摞书的就是读者吗？不一定。谁都知道，人的情绪是会相互感染的。面对书山书海，看别人翻着书瞄着书抱着书推着书，你也许会立刻热血沸腾，成为购书族的一员。可问题是，“三千宠爱在一身”的偶像，一到家里，很可能便成了“长门一步地，不肯暂回车”的冷宫里的嫔妃。我就曾读到过某报记者的一篇文章，说他在接到书展采访任务时，突然想到上一年在书展上买的一袋书，连塑料袋还没打开呢。相信这不是个案。

正襟危坐翻开书来读的就是读者吗？不一定。读书是一场特殊的精神之旅，不是每个人都能坚持到底的。这和身体状况无关。有些人就身体而言，称得上是铁打金刚，跳舞不累，打牌不睡，喝酒不醉，而唯独读书是个例外，还没读上几页便会不知今夕何夕。强作读书状依然算不上是读者。这也许和书有关，有些书“死活读不下去”；但更多的时候不能怪书。

这样说来，读者高不可攀？当然不是。读者的标准只有两个字：爱书。“养心莫若寡欲，至乐无如读书。”对他们来说，读书是一种修炼方式，也是一种生活方式。他们会像选择恋爱对象一样，用自己的眼光挑书，而不是被“排行榜”牵着鼻子走。他们能全身心地投入阅读过程，拷问灵魂，荡涤情感，接受精神的洗礼。他们懂得“书要读懂，先求不懂”，“无疑者须要有疑，有疑者却要不疑”，上下求索，沉潜忘返。他们相信阅读要有一个过程，一个精神跋涉的过程，一个知识开采的过程，因此耐得住青灯黄卷。

有位出版界的前辈，曾经问过我一个文字问题：为什么看电影的人称之为观众，听音乐的人称之为听众，而读书的人却称之为读者呢？同样是文化消费，“读者”应该改称“读众”才对啊！我的回答是：这正是阅读的特殊性决定的。一部电影，可以千人同观，所以称他们是“观众”；一场音乐会，可以万人同听，所以称他们是“听众”；而读书不行，读书须一个人静静地读，默默地读，就像在茫茫的山野里，孤单地、寂寞地探索前行，所以他们只能是“读者”而不是“读众”。

出版离不开读者。英国作家王尔德说过：“作品一半是作家创作的，一半是读者创作的。读者指引着创作的方向。”出版的方向又何尝不是读者指引的？2014年的上海书展提出了“为价值搭台，向品质致敬”的口号，我想这个品质既包括出版品质，也包括阅读品质。为了出版的未来，我们应该向读者致敬。

（2014年9月）

小读者进场了吗?

每年8月，我们与书有个约会，上海书展就如莲花一般绽放。经过多年打磨，这个书展已是一个具有国际风范的成熟的书展。它不靠演艺明星支撑场面，也不靠一味鼓噪积聚人气，而是引领读者向大师致敬，向经典回归，让书香弥漫在每个角落。

书展期间，本人至少有一天时间，在各个展馆徘徊浏览。这是在庆贺出版人的丰收时节，也是在享受读书人的精神盛宴。今年书展的第二天，还有个拙著《萤火虫你慢慢飞》的签售活动。这本小书谈的是语言文字，本不是为孩子写的，现场排队购买的读者中，却有不少一脸稚气的孩子，让我感到莫名的惊讶和欣慰。

记得1986年5月，曾到波兰参加华沙图书节。这是我第一次参加国际书展。代表团一行四人，一连在展馆里“泡”了三天。我们看不懂波兰文，但能感受到书展的气氛，并陶醉其中，流连忘返。尤其让我印象深刻的是，展馆里每天有大批小读者，不少是教师带领进场的。据负责接待的波兰官员介绍，组织小读者进书展，就像学校组织学生郊游一样，是波兰的一项文化传统。今天，我们终于在上海书展上看到了同样的景观。

人类社会的前进，是和阅读联系在一起的。15世纪以前，整个欧洲的手抄图书不过几千册，阅读

作者在上海书展上签售《萤火虫你慢慢飞》，签售前和读者交流

是一种奢侈行为。自从古登堡研制出了金属活字以后，在短短的50年内，欧洲图书激增到900万册。马克思曾对此作出高度评价：“火药、指南针、印刷术——这是预告资产阶级社会到来的三大发明。火药把骑士阶层炸得粉碎，指南针打开了世界市场并建立了殖民地，而印刷术则变成新教的工具，总的来说变成科学复兴的手段，变成对精神发展创造必要前提的最强大的杠杆。”正是印刷术导致了图书的广泛传播，引导欧洲走出了中世纪的愚昧和黑暗，迎来了文艺复兴、科学复兴的曙光。图书，是人类进步的精神灯塔。人类的历史证明，一个社会只要阅读受人尊敬，这个社会就存在着文明的基础；一个民族只要儿童继承了阅读传统，这个民族就不会失去良知，不会没有前途。

儿童代表着希望，儿童代表着未来。为了对抗物质社会的挑战，当今发达国家都十分重视在青少年中提倡和引导阅读。美国的读书活动是“总统工程”，是用总统的名义发起的，政府并给予资金的支持。奥巴马本人不仅到书店给女儿买书，还进学校给孩子们上阅读课。英国、法国除了“世界读书日”之外，还有自己的“阅读年”或“读书节”，它们都是由国家文化主管部门组织和推动的。日本校园里则流行着“每天10分钟”的阅读活动。上海书展在“我爱读书，我爱生活”的主题下，突出青少年阅读和亲子阅读，使小读者逐年增加，展示了符合世界潮流的品格和价值。

曾任国家图书馆馆长的任继愈先生曾大声疾呼：“给中小学生上图书馆的时间。”今天，我们还要呼吁给他们亲近书展的时间。书展的主办者要特别留意观察：小读者进场了吗？这应是评价书展成败的一个重要指标。

（2016年9月）

呼唤“善本”

上海古籍出版社于1987年开始出版《中国古籍善本书目》，该书编录了全国各省市图书馆、博物馆、大专院校等单位珍藏的古籍善本约6万种13万部，按经、史、子、集、丛分类，对我国现存的善本作了一次系统的归纳和总结。在文化积累方面，此举可谓“善莫大焉”。

何谓“善本”？按清代张之洞的说法，“一曰足本（无缺卷、未删削），二曰精本（精校精注），三曰旧本（旧刻、旧抄）”，这一说法比较全面。而世人一般所注重的，则是要精心校勘，无脱文，无讹舛，否则便是“俗本”或“劣本”。叶梦得《石林燕语》中说：“唐以前，凡书籍皆写本，未有模印之法，人以藏书为贵，书不多有，而藏者精于雠对，故往往皆有善本。”

可见“善本”是“雠对”的结果。江少虞《事实类苑》中也有一段记载：“宋嘉祐四年，仁宗谓辅臣曰：宋、齐、梁、陈、后魏、北齐、北周书，罕有善本，可委编校官精加校勘。”当时编校官的工作，有一部分大概就相当于今天的校对，只有经过他们的“精加校勘”，图书的质量才能大为提高，有望成为“善本”。

重视“善本”必然要重视“雠对”，这本是我国图书出版中的优良传统，想不到时至今日，这一传统竟面临着失传的危险。出版社本有“三校一读”

如果续编《中国古籍善本书目》，有多少当代图书能列入呢？

的制度，如今在有些社已形同虚设。他们撤销了校对部门，甚至裁减了校对岗位，实行所谓“编校合一”，或一味依赖外校。结果我们不得不面对这样的事实：无错不成书！无错不成刊！我不知道过若干年后，后人会不会编我们今天的书目，如果也会的话，恐怕难免会说一声“罕有善本”的。

报刊上常有这方面的批评文章，《人民日报》曾载文批评一本名叫《文学趣谈》的书，100多页的小册子，竟错了106处。“一岁一枯荣”的名句成了“一岁一枯茶”。语言学家王力出过一本《龙虫并雕斋琐语》，全书共169页，排校错讹高达68处！老先生不得不在赠人的书上，将这68处用蝇头小楷一一改正。这本书不是我所在的出版社出的，本人更不是这本书的责任编辑，但当时读到这条消息时，仿佛如坐针毡，无地自容，深为当今图书缺少“善本”而内疚。

令人不安的是，今天出书品种正在不断增加；加上电脑的逐步普及，编校工作遇到了大量新问题，“无错不成书”的现象似有愈演愈烈之势。我手头正在读《我的围棋之路》，此书编校差错之多也着实惊人，还没看到100页，就发现了几十处。此书作者陈祖德先生在棋枰上深谋远虑，精计细算；想不到倾注心血写成的书竟被处理得如此粗枝大叶。这是具有讽刺意味的。记得编辑前辈陈虞孙先生在一篇文章中说："不论报纸、刊物、书籍，已经很难找到一块没有错别字的'干净土'。"他大声警告："错别字将统治出版物版面的日子要来临了。因为我们已经看到不少出版社的同志实际上当了错别字的保育员，或者说这类错别字的保育员已经到了辨别不出错别字的地步。仅此一端，就可以预示出版物质量下降的不祥之兆。"可见，呼唤"善本"，不仅是行业的需要，更是时代的需要。这项工作看来还得先从消灭错别字开始。

（1988年2月）

书籍是精神的化妆品

爱美之心，人皆有之。

电视里有一条新闻，一个16岁的大男孩，看上去眉清目秀，只因为同学说他鼻子还不够挺，回家便闹着要整容。他的家庭并不富裕，肚子的问题还没解决好，哪有闲钱伺候鼻子？大男孩却是不依不饶，最后，他爸爸只好业余时间“拾荒”，才攒下2000元修理鼻子的钱。

两天以后，报纸上也有一条关于美的新闻。这次不是大男孩，而是一位老阿姨，今年芳龄59岁，报纸上惊讶地称她分明是一位“美少妇”。这位老阿姨怎么个爱美法呢？告诉你别吓一跳，5年间整容19次，眼睛、鼻子、额头、下巴……一处也没落下。她还宣称要将整容进行到底。

大男孩、老阿姨尚且如此疯狂，整容业的兴旺、化妆品的火爆可想而知。怪不得每次在上海浦东国际机场，总见到有人掏出长长一串的化妆品购买清单，一头扑到免税商品店“扫货”。怪不得无论是上海还是外地，凡是豪华级的大商场，几乎底楼都是化妆品的天下，让你一踏进门就像进了宫殿一般，心旌摇动，热血沸腾。据南京大学的一位教授调查，世界上奢侈品的平均消费水平为本人收入的4%，而在中国超过40%的情况并不罕见。世界金融风暴期间，商品市场秋风萧索，而唯独口红销售依旧春风拂面，当年形成的“口红效应”一词，至今仍在流行之中。

打住吧，上面说的是形体美，其实我心里想的是精神美。打个不恰当的比方，如果说口红是形体的化妆品，那书籍就应是精神的化妆品。古人不是说“腹有诗书气自华”吗？记得林语堂先生谈读书时说过：“读书的主旨在于摆脱俗气。”他是深得精神化妆的三昧的。梁实秋先生同样如此，他的书房的墙上，挂着陆游的两句诗：“呼僮不应自升火，待饭未来还读书。”那种恬淡，那种儒雅，都是在书的映衬下散发出来的，让你不由觉得梁先生真是一表人才。本人自干出版以来，接触过一百多位大文化人，其中不少是“干瘪老头”，但你一旦和他们交谈，便会发现这些人胸藏万壑、吞吐不凡。这是一种骨子里的美。是的，是书把他们装扮得光彩照人。

出版的前途在哪里呢？我想，就在于激发人们精神上的爱美之心。日本的教育很看重这一点，小孩子每读完一本书，就像穿了一件新衣服一样高兴。正因为有了这样的基础，日本社会始终萦绕着读书的气氛。你不妨比较一下地铁上的乘客，中国人十有八九专注于手机，而日本人则十有八九是在看书，你随便观察哪一位乘客，都能感受到那种文化的高贵和澄净。

最后，再说一个真实的故事。一批时尚人士开了个派对，突然有人指着报纸上《阅微草堂笔记》这一书名说：“你们看，‘阅读’错成了‘阅微’，太雷人了！”相信本刊的读者也会被他雷倒的。是呀，口红涂抹得再多，能掩盖精神上的贫乏吗？

（2012年9月）

没人阅读的书只是一块石头

出版的当务之急是什么？有人说是改革内部机制，有人说是调整出书结构，有人说是整顿市场秩序，有人说是提高编校质量，……这些说法都有道理，如果实施的话，肯定会赢得喝彩。但我个人的看法是：培养读者。

曾经给某刊物写过两句话："编辑的生命在图书之中，图书的生命在读者之中。"书只有进入阅读过程，才能发挥它的文化影响，真正成其为书。当年有一位局领导访英归来，带回来了一句英国谚语，笔者至今仍在回味："一本书如果没人阅读，那只是一块石头。"

我国是一个有阅读传统的国家。"读书人"是一个饱含敬意的称谓。"书香门第"是社会向往的人生背景。连张学良将军在软禁中的感悟也是：

“余生烽火后，唯一愿读书。”可这一传统正面临着挑战。几年前本人在某高校兼过一学期课，特意调查了学生课外阅读情况，得到的答案是：整整一个学期中，没人读过两册以上的书！大学生的阅读生活啊！

曾在俄罗斯待过的一个朋友告诉我，很多俄罗斯家庭藏有《普希金全集》。俄国人以阅读普希金为荣。我不知道新版的《鲁迅全集》发行情况如何，但我在几家书店寻觅过，“上穷碧落下黄泉，两处茫茫皆不见”。语文课本中鲁迅不时遭到驱逐，书架上没有立足之地，也许应在意料之中吧。

周有光先生是《简明大不列颠百科全书》的中方三编审之一，故有“周百科”之称。他也是该书日文版的国际学术顾问。据周先生说：中文版出版后的近30年间，发行不到20万套。日文版刚出版不久，卖掉70万套。而日本人口不及中国人口的十分之一。

皮之不存，毛将焉附？读书人口流失，一年40万种图书，不成了戈壁滩上的沙砾？

日本人是懂得培养读者的。在他们的居民区附近，总能找到图书馆，借阅的手续极其简便。大小图书馆里，都辟有儿童阅览区。学校的课程表上，十有八九列有读书交流会。难怪坐在日本的地铁上，前后左右都有人一卷在手，陶然如醉。

去年“智慧杯”征文颁奖仪式上，华东师大出版社董事长朱杰人先生作过一个报告。他提及一则新闻，说在巴西监狱里，建有藏书丰富的图书馆。犯人每读完一本书，只要提交言之有物的读后感，便可以减刑四天。狱方用读书拯救灵魂。监狱尚且读书成风，社会提倡阅读的力度可想而知。

据说，犹太人用蜂蜜涂在书页上，小孩子舔着手指翻书，从此养成了阅读的习惯。我想，这一定是看到了犹太人好读书而附会出来的故事。培养读者关键还得靠书自身的吸引力。苏东坡说过：“孔子圣人，其学必始于观书。”只要书能真正给人知识、动人情感、发人思考，书的诱惑是挡不住的。

培养读者，和出版有关，但又不仅和出版有关。这应是全社会的一项文化系统工程。没有了读书人，受伤的岂止是出版？一损俱损，一荣俱荣。这道理，你懂的。

（2013年11月）

“老课本”是一面镜子

新年将临，灯下读“老课本”，越读越有兴味，觉得它像一面镜子。

这套“老课本”还是2005年初出版的，出版者是上海科技文献出版社。它一共有三种：商务印书馆的《国语教科书》，开明书店的《国语课本》，世界书局的《国语读本》。在中国现代出版史上，这三种课本称得上是风行一时。商务的“教科书”自1917年问世，十年间发行7000万册以上。开明的“课本”初版于1932年，共印行了40余个版次。世界书局的“读本”也出版于上世纪的30年代，被誉为是最早受“五四”新文化影响的白话教材之一。拂去近百年的历史烟尘，“老课本”老树新枝，重新绽放，不仅有了“文献”价值，而且依旧风采照人。

最早把这套书当作镜子的，是上海作协副主席赵长天先生。他为这套书的重印撰写了“前言”，从一个作家的视角，谈了自己的阅读感受。他看到的开明的“课本”，是由叶圣陶和丰子恺合作完成的。叶圣陶写下的第一篇课文是：“先生，早。”“小朋友，早。”丰子恺不仅为全书配图，而且所有的课文都由他亲笔书写，他女儿丰一吟说：“一个个字就像铅字排出来那么工整！”由此

“老课本”让我们看到了文化人的良知和出版者的品格

可见儿童在他心中的地位。两位大家珠联璧合，编文者一片虔诚，绘图者一丝不苟。赵长天先生感慨系之：难以想象现在还有大作家大画家能屈身编写这样的教材！

不久以前，有人对现行小学教材发难，指出有些课文是编造出来的，有误导学生之嫌。在这样的背景下，教育界也有人把这套“老课本”当成了镜子，他们从中发现了极为可贵的品质：真诚。你看，这篇名为《太阳》的课文：“太阳，太阳，你起来得早。昨天晚上，你在什么地方睡觉？”和这篇课文的童言童语、童心童趣相比，现行的教材未免有点干瘪，有点矫情，甚至是装腔作势。儿童幼小的心灵里，过早有了利害的计算。我们究竟是从何时开始，和“老课本”拉开距离、渐行渐远的呢？

作为一个出版人，自然更应把“老课本”作为镜子。历史进入20世纪时，中国封建社会的寿命已进入倒计时，科举制度随之宣告结束。中国现代出版兴起以后的头等大事，是组织编写和出版教科书。这是中华民族赋予出版的神圣使命。当时，无论是商务的张元济，还是中华的陆费逵，是大作家叶圣陶，还是大画家丰子恺，他们都表现出了高瞻远瞩的眼光，成功扮演了时代“弄潮儿”的角色。“老课本”便是他们交出的漂亮的答卷。它代表着一个时代的文化高度和精神高度。抚今追昔，百感交集。今天的出版人是否依然有着这样的文化自觉？

不能否认当年出版教材是有着商业方面的考虑的。教材之间的竞争，也不亚于今天的图书市场的竞争。但是，“君子爱财，取之有道”。一篇篇犹如山泉一般清澈的课文证明，教材编写者不失赤子之心，出版者也不忘君子之责。前辈文化人明白，儿童代表着民族的希望、国家的未来。今天那种以庸俗趣味招徕读者，为了眼前的蝇头小利，不惜让儿童心灵发生“战栗”的做法，在“老课本”这面镜子面前，是应该感到汗颜的。

我想，我们都该照一照镜子。

（2011年1月）

一“波”一“波”又一“波”

说来也巧，这里想谈的三位出版人，名字中都有一个“波”字。

第一“波”是长江北图中心的黎波。你别看他总是笑容可掬，那副风流倜傥的样子，就像三国里的周瑜，在备受业界关注的“金黎组合”中，他可是负责开拓市场的。当今的图书市场缺乏规则，缺乏秩序，荆棘丛生，陷阱密布，黎波却有一股“横扫千军如卷席”的霸气。他甚至“牛”到要书商先付款后提货的程度，书商听了目瞪口呆，不知遇到了何方神圣。黎波的底气从何而来？来自他对自己的书充满信心，而且能运用各种宣传手段，把每一本书炒得火热，引得书商垂涎欲滴，不得不围着他转。

第二“波”是万榕书业的路金波。笔者曾和他打过交道，一起编过网络刊物《榕树下》。那时他的名字叫李寻欢。这个名字曾让我想到花花公子的形象，后来见面才知道是一位一派清纯的文学青年。但我绝对没有料到，李寻欢华丽转身成了路金波之后，竟能在出版界如此“兴风作浪”。路金波的强项是善于网罗作者，在这方面他有着过人的眼力和魄力。安妮宝贝的《莲花》总共8万字，一个字还没写出来，这位路总便付出了200万元的稿费，平均一个字25元，而且“少了可补，多了不退”。这种近乎疯狂的做法，引起业界一声声尖叫，他也被人称为出版界的“捣乱分子”。然而，正是这种“捣乱”，让我们看到了出版的另一种思路。

第三“波”是凤凰联动的张小波。此人毕业于华东师范大学，也许因为曾经是位浪漫诗人的缘故吧，介入出版以后总是喜欢突发奇想，从一开始便是一位“话题的制造者”。当年引起争议的《中国可以说不》，眼前正在热销的《袁伟民与体坛风云》，现在已经预告的千万元稿酬的《宝贝，宝贝》，都和他这位策划高手有关。《中国不高兴》一书，据说也是他找了一帮侃爷，关起门来大侃三天侃出来的。“张小波”的名字实在有点名不副实，他每次掀起的都是轩然大波。

是的，一“波”一“波”又一“波”成了书业炫目的景观。他们就像鲇鱼一样，刺激了整个出版界。不是说出版的幸福时代已经结束了吗？这些人却依旧如鱼得水，做书做得风生水起，波翻浪叠。黎波说：“发行3万册的书在我这儿不算畅销书。”路金波说：“韩寒的书就是白纸，我也能卖10万册。”张小波说：“每发行一本书，就像组织一场战役一样让人激动。”当然，这些话不能都当真，但可以由此看出，他们就是这样充满激情，充满活力，既有挑战精神和创造欲望，又有文化眼光和生存智慧。虽然他们不是体制中人，却表现出了坚定的出版信仰和执着的文化追求。

我想，我们应该感激他们。在很多人唉声叹气的时候，他们用自己的实际行动，证明中国出版还有足够的发展空间。面对着一“波”一“波”又一“波”的冲击，出版人在惊叹之外，不妨找一找自己的差距。路，永远在自己的脚下；成功，永远是属于创造者的。

（2010年1月）

火炉里抢出的《气球上的五星期》

儒勒•凡尔纳一生写过100多种科学幻想小说，在全世界赢得了读者。他用科学丰富了文艺，又用文艺促进了科学，成了现代科学发明的预言人。他逝世时，很多国家的国王和总统，都派了特使为他送葬。但是，谁知道他的处女作《气球上的五星期》，竟有着那样一番坎坷遭遇呢！

据说，当凡尔纳尚未成名时，《气球上的五星期》曾先后投给巴黎的15家出版社，但都很快被一家一家退了回来。凡尔纳灰心丧气，一怒之下，把手稿投进了火炉。他的妻子又把稿子抢了出来，劝他再试一次。终于，第16家出版社接受了，并且在出版以后引起了巨大的轰动。

作为一个出版人，读到这则故事，真是感慨良多！

第16家出版社是哪一家，负责审稿的编辑是哪一位，我都没有考证过；但我很佩服他们的眼力和魄力。没有眼力，不会看中别具一格的《气球上的五星期》；没有魄力，更不会接受既不是名人也没有名人推荐的凡尔纳。我想，要不是这位编辑，在世界文学史上，也许就不会有凡尔纳其人。鲁迅先生曾写过一篇《名人和名言》，批评社会上对“名

如果不是凡尔纳的妻子从火炉中抢出这部作品的手稿，也许科幻小说史上就没有凡尔纳其人

人”的盲目迷信。这种风气在出版社更为突出：对名人的稿子“另眼相看”，对不是名人的稿子也是“另眼相看”，结果，都不能看出稿子的真正价值。15家出版社的退稿，恐怕主要是出于这一原因吧？我们并不反对尊重名家，问题是不能因此压制新手。今天，我们的出版工作积极扶植新生力量，但有时总还不免要步那15家法国出版社的后尘。这是我的感慨之一。

感慨之二，15家出版社的退稿，自是令人遗憾的；但我认为他们还有可取之处，这就是稿件的处理速度很快。你看，在很短的时间里，15家都把稿子退回来了，这样作者还有时间再试一次。我经常读到一些作者来稿时的附信，其中总要非常恳切地写上一句：“如不采用，请速退回。”这种心情是完全可以理解的。然而，可惜的是，我们一般的报刊社，要三个月不见通知，才能由作者另行发落；至于那些眼睛朝天的出版社，半年、一年音信杳然，也是常有的事。有时作者一催再催，还是迟迟没有答复。这怎么能不叫作者“望眼欲穿”？如果《气球上的五星期》也碰上这样的出版社，那凡尔纳至少要等个十五六年，还怎么有时间去写以后的一百多种作品？

感慨之三，当时在巴黎，出版工作似乎还是比较活跃的。能够接受文艺读物的出版社，至少就有16家。即使15家不用，作者还可再试一处。今天，我们一般省市，却是“只此一家，别无分社”。这家如果不要，有时简直无路可走，你不想投之于火炉，也只能束之于高阁。这怎么能不叫凡尔纳们仰天长叹？我想，出版社大一点好还是小一点好，其实是不能一概而论的。大有大的气势，小有小的灵活。我们可以办大出版社，增强在图书市场上的抗风险能力，但也不能不考虑给小出版社留一点生存空间。这样，既有利于贯彻“双百”方针，也有利于扩大作者队伍，何乐而不为呢？像现在这样机构臃肿、尾大不掉，编辑人浮于事，而作者又无门可入，总是不能适应文化发展的要求的吧？

写到这里，本可结束了，但正巧读到茅盾先生在《中国新文学大系·小说一集》前面写的导言，其中有这样一段：“这几年的杂乱而且也好像有点浪费的团体活动和小型刊物的出版，就好像是尼罗河的大泛滥，跟着来的是大群的有希望的青年作家，他们在那狂猛的文学大活动的洪水中已经练得一副好身手，他们的出现使得新文学史上第一个‘十年’的后半期顿然有声有色。”这段话是耐人寻味的。你看，正是看来“有点浪费的团体活动和小型刊物的出版”，为“大群的有希望的青年作家”的出现创造了条件，让他们得到了在“文学大活动的洪水中”搏击的机会。为什么在中国现代文学史上，能产生鲁迅、郭沫若、茅盾、巴金这样一批有世界影响的大作家，恐怕是可以从中总结一点经验的。

（1979年5月）

做书要有工匠精神

“匠”是一个会意字，方筐里装一柄斧头，本义指木匠。后泛指在某一方面有专门技艺的人。“工匠”便是这一类人的总称。工匠的舞台在制造行业，但李克强总理提倡的“工匠精神”，却适用于一切行业。何谓“工匠精神”？第一是热爱自己的职业，第二是视产品质量如生命，第三是不放过每一个细节，第四是能保持专注的工作状态……当代中国出版正需要有这样一种精神。

中国出版源远流长。追求善本，崇尚文化，是中国出版的主旋律。然而，毋庸讳言，它也留下了粗制滥造的痕迹。明代后期的出版便是一个例子。明代印刷技术已相当成熟，印书成了文化时尚，可惜大都校勘不精，错漏严重，尤其不能容忍的是，擅易书名，乱删内容，随意改窜，自以为是，以致把古书弄得面目全非，大为后人所诟病。叶德辉在《书林清话》中有一句经典评语：“明人刻书而书亡。”日本有个叫太田锦城的学者也曾说过：“得明人之书百卷，不如得清人之书一卷。”这话虽然是就明代理学不如清代考据说的，但其中又何尝不包括对明人之书编印质量的批评呢？

新中国成立之前，连环画有所谓“跑马书”。顾名思义，跑马，就是出书速度快得像奔跑的马一样。据说，一部新电影上映，出版商只要买三张票，雇三个人进场观看，电影散场后就能开工：一个人编文字，一个人画人物，一个人添背景，一个通宵可以搞定。第二天一早交小作坊印刷，当天便能上市销售。这样的跑马书，上海滩上一天出笼二三十本，其粗劣程度可想而知。跑马书虽然泛滥一时，可在中国连环画史上，有哪一本跑马书能够立足呢？它们如一群脱缰之马，早已消失得无影无踪。

本人进出版社后，听老出版家宋原放先生谈起过“跃进书”。大跃进年代，到处“放卫星”，工业“一日千里”，农村“亩产万斤”，出版自然也不甘落后。那时动不动就打“人民战争”，选题一旦通过，全社人人上阵，七手八脚，挑灯夜战，剪刀糨糊，东拼西凑，一本书转眼之间便大功告成。遗憾的是，出书速度创纪录地跃进，出书质量却断崖式地跃退。大跃进后检查图书，这些书全都不堪一查，最后只能作回炉化浆处理。折腾一圈之后，留下了四个字：劳民伤财。宋原放先生以此谆谆告诫年轻人：谁违背规律办事，谁就会受到规律的惩罚。

历史的经验值得注意。新时期的中国出版，呈现出高歌猛进的势头，无论是内容还是形式，材料还是印刷，都有了实质性的突破。我国已成为世界瞩目的出版大国。但图书质量又一次横在我们面前。一个幽灵，“泡沫书”的幽灵，正在图书市场上游荡。这些书的特征是：选题低层次重复，内容大幅度注水，编辑加工粗糙，文字差错频出……。它们已严重影响到了中国出版的形象。在这样一个大背景下，呼唤和发扬工匠精神，无疑是十分及时的，是极其必要的。这不仅是对传统出版前途的一次自我救赎，也是纸质图书提高竞争实力的一个难得良机。身为出版人，岂能失之交臂！

（2016年7月）

易中天需要三种编辑

作为作者，易中天是很有代表性的。他从自发投稿开始，如今已是名满中华，达到了一个写作者的理想境界。易中天的成功，当然有种种原因，其中很重要的一条，是编辑的激励和扶持。综观易中天的写作历程，我以为他需要三种编辑。

当易中天还是无名之辈时，最需要的是王一纲。易中天的第一次投稿，便是投给王一纲的。你还不知道王一纲是谁吧？他是上海文艺出版社的一位资深编辑，以判断力强著称。王一纲其实并不认识易中天，而且，易中天投给他的，只是一份关于《文心雕龙》美学思想的提纲，并不是已经完成的稿子。王一纲的可贵之处在于：他既没有因为投稿者是个陌生人便置之不理，也没有因为投来的是份提纲便随意应付；恰恰相反，这位资深编辑恪守编辑的职业道德，逐字逐句地认真审读，并写下了审读意见。他认为投稿者是熟悉《文心雕龙》的，而且有自己的一些想法。正是王一纲的这一判断，为易中天处女作的出版，按下了第一盏绿灯。易中天如果没碰到王一纲，我想，凭着他湖南人的倔劲儿，以后仍会顽强地冒出头来；但一个作者一开始便碰到王一纲这样的编辑，不能不说是一种幸运。

当易中天的著作还没表现出市场效益时，最需要的是赵南荣。赵南荣也是上海文艺出版社的编辑，他和易中天打交道时，还是一个毛头小伙子。仿佛冥冥之中要接受一场考验似的，赵南荣早期给易中天编的几本书，全是亏本买卖。第一本《〈文心雕龙〉美学思想论稿》亏本，尚在意料之中；第二本《艺术人类学》仍然亏本，只能勉强找出一点理由自我安慰；第三本全社上下寄予厚望的《读城记》，竟然也叫好不叫座，让人大跌眼镜。记得易中天有次到出版社做客，坐在一张小矮凳上仰天长叹："什么时候才能让你们挣点钱呢？"面对着这样一位一亏再亏的作者，赵南荣却始终充满信心，用现在流行的话来说，"不抛弃不放弃"，一面亏本出书，一面继续约稿。我想，易中天如今洛阳纸贵，肯把自己的书都交给上海文艺出版社出版，其中显然是有着感恩的成分的。

当易中天的写作进入旺盛期时，最需要的是金文明。金文明是典型的学者型的编辑，他参加过《辞海》《汉语大词典》的编纂工作，做过一家出版社的总编辑，现在是《咬文嚼字》的编委。易中天自从在《百家讲坛》一讲成名以后，演讲和写作任务应接不暇，著作一本接着一本问世。俗话说，“智者千虑，必有一失”，写作态度严谨如易中天者也不例外；值得庆幸的是，易中天的不少著作，最后都经金文明审读，金先生不但纠正了“手民误

金文明先生在自己的书房里查找资料

植”，还发现了一些极为隐蔽的作者疏漏。比如在《易中天读史》卷三中，原稿写的是曹操杀掉孔融以后，陈尸街头，无人敢去收尸，偏偏有一个名叫习脂的，大白天抚尸痛哭，惹得曹操大怒，差点把他杀掉。金文明读到这里，觉得“习脂”这个名字和自己的记忆不符，连忙查找资料，结果在《后汉书·孔融传》中查得，此人果然不叫“习脂”，而叫“脂习”，从而避免了一个差错。

王一纲、赵南荣、金文明，只是三个普通的名字，但它们代表着三种可贵的编辑品质。“王一纲”代表着判断眼光，“赵南荣”代表着文化追求，“金文明”代表着把关能力。有了判断眼光，你才能发现更多的优秀作者、优秀稿件；有了文化追求，你才能保持头脑的清醒，不被市场牵着鼻子走；有了把关能力，你才能得心应手地驾驭稿件，继承追求“善本”的文化传统。一个有事业心的编辑，应该努力集三者于一身。我相信，只要编辑队伍中有更多的王一纲、赵南荣、金文明，作者队伍中就一定能涌现出更多的易中天。

（2010年8月）

范用："为书籍的一生"

早在1989年，范用先生曾自拟过一则"讣闻"，其中有这样八个字："匆匆过客，终成归人。"这份淡定和通达，让我感到震撼。

在中国干出版这一行的，大概无人不知道范用。有人叫他"范老板"，有人叫他"范公"，也有人叫他"老范"，称呼虽然不一，对他的敬重并无二致。他一生没得过什么大奖，但在出版人的心目中，却是一座高山，一面旗帜。

范用先生于1923年出生于江苏镇江，1938年便进了读书生活出版社，成了一名练习生，实际上就是学徒工。当时他才15岁，小学刚刚毕业不久。从那时起和出版结缘，他干出版干了一辈子，当年的小学徒工成了今天的大出版家。1989年离休以后，其实是离而不休，仍忙着组稿、编稿。绥青的书在中国出版时，范用取了一个书名——《为书籍的一生》，这个书名用在他自己身上，同样是恰如其分的。

正因为干了一辈子出版，他对书有着特殊的感情， 有人说他是一个“纯粹的出版人”。他关心书的一切，从纸张到封面，从标点到书名。他把书当成朋友，收藏的每本书都保护得完好无损，他的书架号称是京城最整洁的书架；他又把朋友当成书，不同的朋友被他比喻为不同的版本：精装本、平装

身材瘦小的范用先生是出版人心中的一座高山

本、线装本、袖珍本、毛边本……确实，他是一个爱书爱到骨子里的人。在我们编辑部的走廊上，挂着他的一幅相片，这是2007年《编辑学刊》封面上用的；画面上他站在硕大的书橱前，逐排凝神扫视，那神态就像是一位元帅，正在检阅麾下的百万大军。他让我看到了一个真正出版人的风采。

望着范用先生远行的背影，我想，每一个出版人应该问问自己：我愿像他那样干一辈子吗？要成为一个出版家，是需要干一辈子的。出版也是值得干一辈子的。《晦庵书话》出版以后，唐弢先生曾感慨系之地说："没有范用，就没有我这本书。"唐弢说出了一批作者的心声。没有范用，也许就没有《傅雷家书》；没有范用，也许就没有陈白尘的《牛棚日记》。是的，若不是干了一辈子，你能有范用先生这样的眼光吗？打开范用先生的通信录，你看到的是夏衍、聂绀弩、黄苗子、吴祖光、钱锺书、杨宪益、叶浅予、黄永玉、胡绳、李一氓……若不是干了一辈子，你能和这么多一流文化人交往吗？范用先生有"三多"之称——"书多，酒多，朋友多"，其中书多、朋友多，正是干了一辈子的结果。

望着范用先生远行的背影，我想，出版主管部门也应该问问自己：在配备干部的时候，考虑过他们能像范用先生一样干一辈子吗？出版不是单纯的技术活，更不是简单的体力活，它是需要积累的。古人说过："观千剑而后识器，操千曲而后晓声。"没有一本书一本书的历练，就谈不上对书的感觉。当年的出版如果没有像张元济这样的出版家，就没有高瞻远瞩的文化眼光；今天的出版如果没有像范用这样的出版家，同样也很难继承源远流长的文化血脉。为了民族的振兴、国家的未来，出版人不能把出版只是当成一块跳板、一个台阶，眼睛始终盯着下一个目标。

想干出版吗？那么，就干一辈子吧。

（2010年11月）

仰视“老谢”

有一本书，叫《谢谢老谢》。这位“老谢”，大名叫谢泉铭，上海文艺出版社的编辑。他个子不高，但读完《谢谢老谢》一书，我想到的是鲁迅作品里的一句话：“须仰视才见。”

我是认识老谢的。第一次见面，是在1970年吧，他在《解放日报》编文艺副刊。我已记不清是谁介绍我们相识的，但第一次见面的情景仍然清晰。那天，可能是我提到了报上一位女诗人的作品，老谢一口气报出了一串上海女诗人的名字。每提到一位，他都会说出她的代表作，有时还随口背出一句，然后对我说：“写得多好！”这给我留下了极深的印象。我当时就在想：他对作品怎么这么熟悉？看到《谢谢老谢》一书中女诗人陆萍的回忆文章，我才找到答案。陆萍说在她的诗稿上，每一页

都是横七竖八地写满了谢泉铭老师修改的句子。他要一行一行地斟酌，每选定一行画上一条红线。直到全部起承转合定当，他才会对作者说："这首诗可以发了。"一个编辑把自己的心血，倾注在作者的作品中，他对作品怎么会不熟悉呢？

我是1978年调到上海文艺出版社的。老谢在我之前，也到了上海文艺出版社，我们成了同事。不过，他在创作编辑室，我在理论编辑室。我进社不久，发觉他经常去招待所看一个穿着朴素而又一脸机灵的小伙子。后来知道，这小伙子名叫叶辛，是在贵州插队的上海知青，老谢正在帮他修改长篇小说。我不觉有点惊讶。在我的心目中，长篇小说是很神圣的。这个稚气未脱的小伙子能写成吗？老谢后来告诉我说，一个作者能不能写小说，一要看他有没有生活积累，二要看他有没有语言能力。小说是语言表达的艺术，要写出那个味来才行。叶辛的文字是有小说味的。据叶辛自己回忆，老谢为了帮助修改作品，每天下午一两点钟到招待所，晚上九十点钟才回家，一字一句地"磨"，经过两年多的时间，这部名为《岩鹰》的作品才展翅飞向天空。老谢让我懂得了什么叫作编辑精神。

2000年3月31日，社长室突然接到电话，说老谢在医院抢救。当时社长室就我一个人在，我在通报其他社领导后，赶快要了车子赶到医院。我当时看到的老谢，双目紧闭躺在病床上，有气功大师之称的作家沈善增，正在一边发功。原来，这天是总工会召开“五月丛书”发布会。老谢是这套丛书的编委，又是特约编辑，有些作品由他直接加工。他在会上第一个作了发言。谁知就在他发言后十来分钟，身子突然歪了下去，被立即送到医院抢救。我端详着老谢的脸，脑子里浮想联翩。胡适倒在学术讲台上，莫里哀倒在戏剧舞台上，老谢倒在编辑岗位上。他为自己喜欢的编辑工作，奋斗到了最后一息。在他倒下前的发言中，还说总工会以后有需要他的地方，他一定全力以赴。真是“春蚕到死丝未尽”啊！

老谢曾在我担任副主编的《杂家》上发表文章。他说：“我，没有辱没‘编辑’这个闪光的名词。”仰视老谢，我们都应扪心自问：自己配得上“编辑”这个名词吗？

（2012年7月）

“征农”是谁?

“征农”是谁？夏征农先生也。他是1926年的老党员。他参加过南昌起义，经历过皖南事变。在他一百零五年的传奇人生中，曾任新四军政治部民运部长、苏中军区军政委员会秘书长、山东省委副书记、华东局宣传部部长……“文革”结束后复出，又曾任复旦大学党委书记、上海市委书记处书记、上海市文联主席、《中国大百科全书》总编辑、《辞海》主编……追溯夏老的一生，只见“一片春光，一片火焰”。可偏偏有人不知“征农”是谁，说来你也许不信，此人竟是叱咤文坛的茅盾先生。

1933年7月，《文学》月刊在上海出版。这是以鲁迅为旗帜的左翼文学的一方重镇。它的地位和影响，相当于鼎盛时期的《人民文学》，或者大型文学刊物《收获》。征农先生的《禾场上》，便发表于《文学》第一卷第二期。茅盾十分欣赏这篇作品，认为它没写“革命家”的从天而降，只是老老实实地写出禾场上的一幕：佃户泰生一年打下的粮食被地主郑老板拿走，还受到“坐场”的范先生的百般刁难。这种“老老实实”的写法，是极具震撼力的。可当时茅盾不知“征农”是谁，为此特地在“社评”中作出交代：“原稿上本来还署有一名，那可像是真名姓，但既经作者涂抹而换署‘征农’二字，我们也不便替他宣布。‘征农’这笔名也很生疏，我们疑心这或者是一篇‘处女作’。”这段不经意留下的文字，成了今天研究编辑史的可贵资料。

事过五十年以后，1983年上海文艺出版社续编《中国新文学大系》，收入了夏老的《禾场上》。一次我去夏老家拜访，趁便问起了这篇作品的投稿经历。那时夏老已是八十高龄，但他步履稳健，思维敏捷，脱口便对我说：“《禾场上》没有投过《文学》，我至今也没弄清楚，他们是从哪里看到这篇东西的。”原来当时夏老只是个文学青年，这篇作品“周游列国”，投过很多刊物，结果都是退稿。《文学》编者意外发现了这篇作品，他们在惊喜之余，未及寻找作者，便刊登在显著的位置上，茅盾先生并给予力挺。听到这段经历，不禁感慨系之，当天晚上我重读了《禾场上》，对《文学》编者油然而生敬意。

《文学》的可贵在于，这是一份重量级的刊物，但并不以此自重，拒人于千里之外。编者在稿件的取舍上，做到了英雄不问出身，一切从实际出发。他们明知《禾场上》并不是投给自己的，作者的名字又十分生疏，却以慧眼识珠为快乐，以发现佳作、扶持新人为己任。这叫什么？这就叫独具慧眼，这就叫别有风骨，这就叫文化良知，这就叫道德风范。在中国期刊史上，在现代文学发展中，《文学》月刊占有独特的位置。这和它的这种品格是分不开的。和《文学》相比，我们今天有些刊物或许会感到汗颜。他们一味追逐名家，并不是因为看到了名家的价值，只是因为名家已经得到社会的承认。他们其实是以别人的眼光来作出自己的判断。一旦碰到了《禾场上》这样的作品，很可能因为不知“征农”是谁，立即失去了方向感。这样的事还见得少吗？

（2016年3月）

《新青年》编辑钱玄同

1915年9月15日，《新青年》横空出世，今年正好是100周年。这不禁让我想起了曾参与编辑《新青年》的前辈文化人钱玄同。

钱氏是一位典型的学者，曾在北京大学、北京师范大学任教，于音韵学颇多研究；他又是新文化运动的一员猛将，当年引起轰动的《复王敬轩书》这出“双簧戏”，便是由刘半农和他联袂演出的；而作为编辑同样成绩斐然，中国新文学史上第一篇白话小说《狂人日记》，正是由他组稿并刊出的，可谓推动了新文学运动的进程。

钱玄同是怎么做编辑的？

钱氏于1918年1月接编《新青年》。他在读了编辑部存稿以后，发觉可用者不多，立即着手组稿。他的主攻目标非常明确：周氏兄弟。钱玄同与鲁迅早就相识，曾同在章太炎门下攻文字学；与周作人则是北京大学的同事。在《我对于周豫才君之追忆与略评》一文中他曾说：“我认为周氏兄弟的思想，是国内数一数二的，所以竭力怂恿他们给《新青年》写文章。”由此可见，钱玄同不但有自己的取稿标准，而且知道向谁组稿，对刊物的性质和思想文化界的现状，有着清晰的判断。这是难能可贵的。

一份独领风骚的刊物
一位独具慧眼的编辑

更为难得的，是他的坚持。钱玄同向周氏兄弟组稿以后，周作人立即响应，自4卷1号刊出《陀思妥夫斯奇之小说》，4卷2号、4卷3号、4卷4号，每期都有“周作人”的作品；而鲁迅却保持沉默，他只是一个看客，没有写下片言只字。钱玄同没有失望，没有放弃，依旧不停地跑到周氏兄弟暂住的绍兴会馆去“怂恿”。查看《鲁迅日记》可知，在1918年2、3、4三个月里，钱玄同至少去了10次，一般都是晚上去，每次都是谈到深夜方归。鲁迅说钱玄同怕狗，但狗并没有阻住钱玄同的脚步，以至他坐定以后，因为狗的原因，“似乎心房还在怦怦的跳动”。正是在钱玄同的坚持下，鲁迅终于写出了《狂人日记》，刊于《新青年》的4卷5号，为新文学树立了一块里程碑，而且“从此以后，一发而不可收”。编辑的作用于此可见。

鲁迅之所以最终会动笔，和钱玄同的组稿艺术是分不开的。在社会文化生产中，编辑扮演着组织者的角色。一个优秀的编辑，要善于引导作者进入写作状态，并激发作者的写作热情。钱玄同正是这样做的。鲁迅曾在《〈呐喊〉自序》中，记下了他们之间的一次对话。当时鲁迅正处于无聊和寂寞之中，以钞古碑打发时间。钱玄同劝他写文章。鲁迅打了一个比方：在一间没有窗户的铁屋子里，人们因昏睡而即将死灭。如果现在大嚷起来，惊醒了其中的几个，他们不是更痛苦吗？钱玄同的回答却是："几个人既然起来，你不能说决没有毁坏这铁屋的希望。"这就是著名的关于铁屋子的讨论。正是钱玄同说的"希望"让鲁迅有了触动。鲁迅的奋然前行，不能否认钱玄同是推了一把的。

今天，纪念《新青年》创刊100周年，中国出版人要发扬《新青年》的优秀传统。而作为一名编辑，则不妨咀嚼一下钱玄同的编辑精神和编辑经验。

（2015年11月）

王扶组稿

说到组稿，脑子里会浮出一串高手的名字，比如有“纯粹的出版人”之称的范用，追稿追得你“没躲”的梅朵，下手总是“稳、准、狠”的金丽红，嗅觉敏锐如猎犬的陆灏……。这里想说的是王扶。

你认识王扶吗？实不相瞒，我不认识。开始还以为是一位须眉男子呢。我只是从作家的回忆文字中，多次见到过这个名字，知道她是“文革”结束后从出版社调到《人民文学》的，从编辑做到副主编。王扶的这个“扶”字真是耐人寻味，在她的编辑生涯中，“扶”过多少作家、多少作品啊！

1979年夏，蒋子龙因手术住院。他当时的身份是：天津工人，业余作家。因为《机电局长的一天》，已被批得灰头土脸，几年来门庭冷落车马稀。他自己也发誓再不舞文弄墨。可偏偏王扶组稿

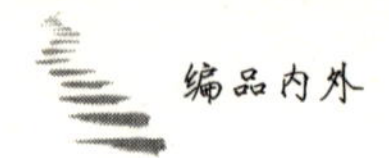

来了！那天下着瓢泼大雨，王扶淋得像个落汤鸡似的，“文坛硬汉”不禁怦然心动。他一生接待过多少编辑，但这一次留下了抹不去的记忆。《乔厂长上任记》便是这次组稿的成果。这篇作品在《人民文学》刊出后，听到了一片赞叹声：“壮哉斯人！壮哉斯作！”它奠定了蒋子龙在文坛的地位，也帮助《人民文学》赢得了荣誉。

被儿女称作“老头儿”的汪曾祺，几乎有同样的经历。他参与《沙家浜》创作受到江青的“赏识”，“文革”结束后又因“赏识”跌到人生的谷底。老头儿自我“放逐”，每天到单位点个卯，然后回家不是闷头大睡，便是晃荡到外面借酒浇愁，完全断了“创作”的念头。那天他醉醺醺地回到家里，二女儿告诉他有人等了他两个小时。接下来的一段对话是：“谁？”“王扶。”“哪个王扶？”“《人民文学》的。”“干吗？”“组稿。”“什么？”“组稿！”听到“组稿”二字，老头儿不相信自己的耳朵。他拿起王扶留下的便条看了又看，看了又看，然后一声长啸：“居然有人还记得我啊！”王扶的这次没见面的组稿，为文坛唤回了一个多姿多彩的老头儿，从此老树爆出新芽，一树梅花烂漫开。

再举一个例子。1991年秋初，叶辛到北京开会。又是王扶，不期而至。叶辛直言相告：最近没有中短篇作品。“你在写长篇吗？”叶辛心想，反正你们刊物也不发长篇，便坦率地承认正在赶《孽债》。“什么样的故事呀？”王扶一副朋友聊天的口气。叶辛三言两语说了一个梗概。谁知话音刚落，王扶跟着表态：这部作品给我吧，我是帮江苏文艺约的。叶辛回沪后把已经发表的上卷寄给王扶，王扶读后立即正式答复：肯定会出，速寄下卷。《孽债》是叶辛的代表作之一。这部作品本在上海的一家刊物上连载，由于王扶组稿，上海开花最后却在江苏结果。编辑组稿能力关系到出版社的竞争实力。诚哉，斯言！

组稿，是编辑工作的一个重要环节。在编辑学的教材里，完全可以从理论上探讨组稿的性质、组稿的准备、组稿的方法、组稿的禁忌，但观察、总结一下编辑实践中王扶们如何组稿，也许可以让我们得到更多的收获。

（2015年7月）

夏洛蒂和老史密斯公司

刚入行那一年，老编辑语重心长地告诉我说："组稿容易退稿难！"你向作者组稿，一见如故，相见恨晚，意犹未尽，一醉方休；一旦稿子要退，完全是另外一种感觉，难于启齿，笔重如山，字斟句酌，欲说还休……

诗人艾青可以说参透了其中的奥妙。他在谈到投稿和退稿的关系时，曾作了善解人意的解释。他说：作家和编者之间的互相帮助是，作家能把"好的"稿子给编者，编者能退还"不好的"稿子给作家。作家和编者之间的崇高的友谊应该是，作家拿"好的"稿子，提高编者的声誉；编者退还"坏的"稿子，提高作家的声誉。真能做到这一点，无疑是作家和编者关系的最高境界。然而，谈何容易！

正是在这样的背景下，当我读到老史密斯公司的退稿故事时，不禁感慨万千。

英国女作家夏洛蒂•勃朗特、艾米丽•勃朗特、安妮•勃朗特，人称“勃朗特三姐妹”。她们出身于穷苦牧师之家，童年生活艰难，但都有文学才华。三姐妹擅长写诗，还能创作长篇小说，分别写出了《教师》《呼啸山庄》和《阿格尼丝•格雷》。但她们毕竟名不见经传，在一年半的时间里，三部稿件

老史密斯公司催生的世界名作

闯进了一家又一家出版社，又被一家又一家出版社退了回来。三姐妹忍受着失望的煎熬，同时又满怀着希望的憧憬。

后来，艾米丽和安妮的作品总算有了着落，而大姐夏洛蒂的《教师》始终无人赏识。夏洛蒂读过寄宿学校，做过家庭教师，她在写作时倾注了大量的心血，在作品中有她个人的经历。退稿犹如“一股寒流”向她袭来，使她浑身感到颤栗。她发觉自己心头的创作之火正在熄灭。作为一种绝望的挣扎，她把稿件寄给了另外一家出版社——老史密斯公司。可以想见，只要再来一封退稿信，那无疑便是压垮骆驼的最后一根稻草。

老史密斯公司来信的时候，夏洛蒂简直不敢拆开。没有这种经历的人，恐怕是很难想象得到，“大作不拟采用”之类的官样文章，是具有怎样的杀伤力的。谁知来信竟长达两页！信中一方面诚恳地说明，由于经营上的考虑，他们不打算接受《教师》一稿；一方面又对书稿的优点和缺点，作了认真而中肯的分析。出版社建议作者另写一部作品。夏洛蒂对这封信的评价是：“措辞如此礼貌，考虑如此周到，态度如此合理，识见如此通达。”在她看来，“这样的退稿比粗俗的采纳更使作者感到快慰”。

正是在这封退稿信的鼓舞下，夏洛蒂把自己早已酝酿的《简•爱》，用最快速度写了出来，三周以后便交稿。1847年10月，《简•爱》终于以它特有的风采，赢得了世界文坛的瞩目；夏洛蒂本人也成了英国文坛上升起的一颗明亮的文学新星。

我不知道老史密斯公司今天是否还在；即使它已经消失了，当年写给夏洛蒂那封退稿信，仍是出版史上的经典文献。这封信不但体现了对作者的理解和尊重，更表现出了引导社会文化生产的眼光和责任，真正做到了“退稿不退人”。

（1981年3月）

那楼，那树，那船

2011年4月22日，应华东师大出版社之邀，参加了他们复社30周年的庆典活动。30年来，这家出版社一步一个脚印，实现了事业上的“三级跳”，2011年更是“五子登科”，一举获得了全国五项大奖。让我有点意外的是，这场庆典既没有租借豪华的会场，也没有在会上宣读一封封领导贺信，更没有像石崇斗富那样大宴宾客，却给与会者留下了深刻的印象。

我忘不了那一座楼——庆典活动是在“智慧楼”的启用仪式中揭幕的。在华东师大校园中，这座楼也许既不高大，也不雄伟，可以说是貌不惊人；在出版社员工的心目中，它却是坚实的事业基地，温馨的精神家园，有着太多太多的情感积淀。30年前，他们就是在这座楼中，迈出了复社的第一步。

这座楼见证了他们的摸爬滚打，见证了他们的酸甜苦辣，每一个办公室里都有故事。今天，修缮一新的楼重新启用，并被命名为“智慧楼”，不仅是对历史的一种怀念，对曾经在此奋斗的员工的一种尊重，更是对不断追求、不断创造的出版精神的一种肯定。

我忘不了那一棵树——庆典活动为“智慧树”揭牌，在我看来，简直是神来之笔。它让庆典活动又多了一层文化色彩。这棵树的学名叫朴树，就挺立在智慧楼的对面，已经有100多年的树龄，枝繁叶茂，昂扬奋发，在阳光的照射下，充满了活力。华东师大出版社如今是这棵树的领养者，他们把它命名为“智慧树”。社长朱杰人先生深情地说：这棵树就是我们华东师大社出版人的象征。楼和树相望、树和人交融，楼、树、人浑然一体。仰视眼前这棵生机蓬勃的朴树，我心中的敬意油然而生。是的，如果每一家出版社都是一棵朴树，那么中国出版界就是坚守在文化土壤上的一座森林。

我忘不了那一条船——庆典活动的最后一个节目是浦江夜游。华东师大出版社的员工和全体来宾聚会在一条船上。一边是饱含着历史感、沧桑感的外滩灯火，一边是充满着标志性、现代性的浦东建筑，游轮便在历史和现实交织的航道上前进。浪花飞溅，江风徐来，虽说已过了乍暖还寒的时候，立在甲板上依然凉意袭人。然而。出版社员工的心是火热的，参加庆典活动的来宾的心是火热的。游船载着一船欢乐、一船憧憬，驶向预定的目的地。它让我们不由联想到，中国出版百舸争流，华东师大出版社又一次扬帆远航。

一座楼，一棵树，一条船，庆典活动因此有了戏剧一般的结构，有了诗歌一般的意境。这仅仅是策划吗？不，它体现了一种企业文化，一种可贵的人文精神。举办庆典活动，当然不能不讲究热闹；然而，热闹是会很快消失的。这场庆典至今仍让人回味，一定还有别样的蕴藏。这也许就是朱杰人先生推崇的智慧吧。

（2011年7月）

《看电影》的看点

中国有多少刊物？凑个整数吧，10000种。生存状况如何呢？有人用四个字来概括：哀鸿遍野。一个“哀”字道尽凄凉。

且来说说《大众电影》吧。

大家知道，《大众电影》是本名刊。在中国期刊史上，它代表着一个时代，最高印数曾达到960万册。如今却风光不再，印数只剩下可怜的3万册。据《新京报》报道，曾在刊物干了33年，现已80多岁的老社长崔博泉，回忆起往日的辉煌，不禁放声大哭。

我是很能理解这位老社长的。可问题是，市场不相信眼泪，读者不相信眼泪。如果您是位期刊人，我倒建议您读读《编辑学刊》2012年第4期上刊登的《阅读的狂欢》一文，看看同为电影刊物，人家《看电影》是怎么编的。这本刊物1999年才创刊，没过两年便风生水起、好评如潮，被读者视为“中国影迷第一刊”，还被媒体评为代表中国期刊发展方向的十本刊物之一。这个火啊！古人怎么说的:“晴空一鹤排云上，便引诗情到碧霄。”《看电影》不就是那一飞冲天的鹤吗?

由此我想到的是，办刊一定要有痴迷精神。作为一个期刊人，对自己的刊物要一往情深，情有独钟，朝思暮想，念兹在兹。你看《看电影》的主编阿郎，当年拖着一大皮箱碟片到北京，住在有窗户没玻璃的出租房里，但心里想的除了电影还是电影。他已把自己和电影融为一体。阿郎说过一段很动情的话：“一直到现在，都认为我们欠电影的。没有电影，我们这些时代的弃儿，在精神的窄胡同里就没有出口。……”正是这种感恩之心，转化成了办刊的强大动力。这样的人不办电影刊物，谁办电影刊物?

办刊一定要保持清醒态度，知道刊物办给谁看，才能办出个性。《看电影》的同仁们可以说是深得其中三昧。他们知道这是一本给爱看电影的人看的刊物，所以始终抓住“看”字做文章，告诉读者看什么、怎么看，追求的是真正看出名堂、看出境界。这样的刊物是很难编的，“不专业，没人看；太专业，则无味”。《看电影》的做法是：“以影迷为第一服务对象，同时注重电影人的反应，努力把专业做得有趣。”这真是经验之谈。专业眼光加上大众笔法，读起来理趣兼备，庄谐同在。难怪张艺谋称它是“中国最好的电影杂志”。

《看电影》尤为可圈可点的是，他们总想把刊物做到极致，哪怕在版式的细节上，也决不敷衍读者。他们努力从全球收集资讯，宁可自己花沙里淘金的功夫，也要给读者提供最有价值的信息。每逢大片上映，总会组织“地毯式报道”，让读者获得最大的阅读满足。为了完成一个策划，最长可以耗时372天；为了改定一篇文章，不惜前后改动21次。他们经常表现出大手笔，比如，在纪念《乱世佳人》问世70周年时，精心组织了54个版面。你想，这得投入多少心血！

各位闲暇看电影之余，不妨看看《看电影》，也许你会看到电影以外的东西。

（2012年7月）

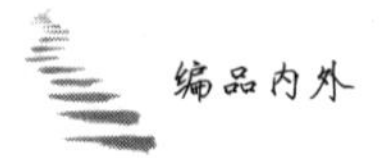

哈琼文和《毛主席万岁》

提到当代的宣传画，不能不提到哈琼文。他曾是军旅画家，随志愿军到过朝鲜战场；后转业到地方从事专业创作，画出了一批有影响力的作品，两度被评为全国优秀宣传画家。在宣传画界颇具影响的张安朴先生曾说："哈琼文是中国宣传画的领军人物，是国家级的专家，要上美术史的。"

提到当代的美术史，不能不提到《毛主席万岁》。这幅堪称经典的宣传画，是配合新中国成立十周年创作的。初版印了250万张，全国到处都能看到张贴，成了一道特殊的文化景观。上海市百一店当时悬挂的《毛主席万岁》，画面有几层楼高。冰心曾激动地为它写过文章：《用画来歌颂》。

这幅宣传画，便是哈琼文的手笔。

单凭这幅画，哈琼文即奠定了自己在美术史上的地位。

长期以来，宣传画的流行画法是："红旗拳头枪，大头嘴一张。"人们看惯的是大脑袋粗胳膊，熟悉的是红旗如林，口号震天。每一幅画都深深地打着"宣传"的烙印。而《毛主席万岁》别开生面：画面的正中央是一位肩扛着小女孩的美少妇！她面容娟秀，姿态优雅，身上穿着合体的黑丝绒旗袍，头上梳着富有时尚感的发型，再配上精致的胸针和耳饰，从里到外透着一个"美"字。难怪人们

一幅积淀了一代人记忆的宣传画

眼前一亮。

作为一名编辑，当我想起这幅画时，脑子里会油然浮现出审稿的情景。哈琼文创作这一幅画，是有着深厚的生活基础的。他每次观看国庆游行，总会看到游行队伍经过主席台时，气球升空，鲜花如雨，欢声雷动，场面热烈。他的画通过巧妙的构思，把这一场面作了典型化的艺术处理。他让宣传画在政治色彩之外，有了生活气息；不但充满着力量，而且洋溢着美丽。但是长期形成的思维惯性，还是在他的画作中留下了痕迹。他在送审的初稿中，画面的左上角，画着毛主席像。他自己也感到不太协调，但下意识中觉得需要这样处理。

负责这幅画终审的是杨可扬先生。他当时是上海人民美术出版社的总编辑，更是一位全国知名的版画家。他看到《毛主席万岁》的初稿样时，立即赞不绝口，丝毫不认为这是以“少奶奶”的形象取代工农兵，是以小资产阶级的情调挑战无产阶级。更让人感到钦佩的是，当他审视画面以后，明确提出要删掉左上角的毛主席像。他告诉哈琼文，画面上出现了两个中心，破坏了作品的整体性。删掉了毛主席像以后，非但不会削弱“毛主席万岁”的主题，相反只会给读者留下更为广阔的想象空间。直言谈相，一语中的！什么叫懂行？这就叫懂行！什么叫担当？这就叫担当！杨可扬先生在审稿中表现出了可贵的艺术家的眼光和出版家的胆识。

一个出版社如果组织不到像哈琼文这样的作者的稿子，是不会有影响力的；一个出版社如果没有像杨可扬这样的编辑，即使遇到哈琼文，也会失之交臂。这是《毛主席万岁》给我的启发。

（2014年11月）

面对《纽约时报》

报上读到两篇文章，都和编校质量有关。

一篇谈的是《纽约时报》。该报有一个工作人员叫多诺，一天心血来潮，想看看《纽约时报》到底出版了多少期。他用当天的日期减去报纸创刊的日期，谁知算出的数字竟与报纸的总期数不符。这是怎么回事呢？在好奇心的驱使下，多诺一天天往前查，终于发现在1898年2月6日那一天，本该为14500期，错成了15000期，整整多算了500期！报社管理层获悉这一情况后，立即商量并作出决定，在2000年1月1日那一天，公开就这个100年前的差错向读者致歉，并把出版总期数减少了500期。

另一篇谈的也是《纽约时报》。今年年初，史蒂夫•麦奎因导演的《为奴十二年》获得了奥斯卡奖。这部影片是根据同名自传改编的。片中的主人公叫所罗门•诺瑟普，他于1841年被拐骗至路易斯安那州为奴，十二年后才重获自由。诺瑟普把自己的经历写成了自传，《纽约时报》曾在1853年1月20日刊文介绍。本届奥斯卡奖揭晓后，有人查到了《纽约时报》上的文章，发现诺瑟普的名字被拼写错了，Northup拼成了Nothrup和Northrop。面对这个161年前的尘封的差错，《纽约时报》秉承自己一贯的作风，于今年3月4日作了更正。

这两篇文章，在报纸上都不甚起眼，但作为出版人的我，却看得额头冒汗，百感交集。如今是“无错不成报”“无错不成书”，可有几家是自觉更正的呢？本人自1992年起，年年参加编校质量检查，每次在“意见反馈”阶段，总会听到一些让人哭笑不得的“神辩解”：

在一篇传记中，写某二胡艺术家“弹的第一首曲子是《二泉映月》”，审读者指出二胡应是“拉”不是“弹”。谁知申辩者竟振振有词：首先从发声原理分析，二胡琴弦振动属“弹拨振动”，称“弹二胡”更接近发音原理；其次从《二泉映月》乐曲分析，大量采用了弹拨乐器的表现手法，称“弹二胡”无可指责。这不分明是嘲笑别人不懂音乐吗？

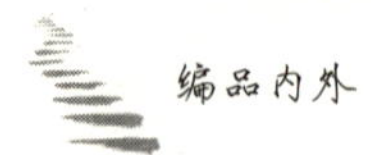

有一本低幼读物，说一只公鸡双脚站立在栏杆上，插图画的却是“金鸡独立”，典型的图文不符！申辩者照样理直气壮：“你们仔细瞧瞧啊，左边的那一只脚，马上就要放下来了！”

某报有一篇医学报道，说是“长约50厘米的肿瘤，顺利地从跳动的心脏中完整取出”。一个人的心脏容得下50厘米长的肿瘤吗？我们曾请教过动这个手术的医院的院长，他斩钉截铁地说：“这是绝对不可能的！”发表报道的报纸却坚持说：“奇迹是无处不在的！你们对现代医学，怎么能抱怀疑态度呢？”仿佛真理在握。无语。

这些年来，上到新闻出版总局，下到基层出版单位，年年组织质量检查，可见态度是很重视的。但外因必须通过内因才能起作用。《纽约时报》闻过则喜，有错必纠，显示的不仅是大报胸襟、大报气概，更是一种文化良心。他们视内容的真实和文字的正确为报纸的生命。如果面对差错首先想到的是辩解，恐怕任何检查都会流于形式。

今年是出版物质量年。《纽约时报》是一面镜子，让我们都来照照自己吧。

（2014年5月）

"万宝全书补只角"

一次讲课之余，和一家出版社领导聊天。该社总编辑谈起社里刚出的一本书。这是一本儿童读物，书名叫《大卫之星》，封面上是一颗黄色的五角星。说的是二战期间，一对犹太夫妇坐在开往纳粹集中营的列车上，妈妈怀里抱的是9个月大的女儿。当列车经停一个小镇时，夫妇俩扒开列车窗口的铁丝网，把女儿抛到了列车外面。书中接着展开的便是这个婴儿的人生故事。

总编辑告诉我，有读者对封面提出意见，认为"大卫之星"不是五角星，而是由两个等边三角形构成的六角星。一个三角形代表上帝、世界和人，另一个三角形代表创世、天启和救赎。"大卫之星"是犹太教的标志，有着和所罗门王印同样的神力，犹太人认为它象征着上帝的护佑。以色列的国旗上，便有着“大卫之星”的图案。

本人缺乏犹太教的知识，不敢对这张封面妄加议论；但我联想到了三联书店的一本书——《银鱼集》。三联书店出有一套颇有影响的书话丛书，《银鱼集》是其中的一本，作者是黄裳先生。黄裳知书爱书，是书话写作的高手，考证精细准确，文字典雅隽永。所谓“银鱼”，其实就是蠹虫，专门咬书啃书，读书人常以此自嘲。黄裳用作书名，自有其特殊寓义。谁知封面设计者不明就里，望文生义，画了七八条正在水中畅游的小鱼，闹了一个不大不小的笑话。范用先生曾专门为此撰文，谈编辑缺乏常识的教训。

这类洋相，也许插图出得更多。我在上海文艺出版社时的同事、著名编辑家谢泉铭先生就曾现身说法。他当时参与《小说界》的编辑工作，冯苓植的中篇小说《虬龙爪》便由他担任责编。这篇小说写的是养鸟人的故事。养鸟人大体分为两类 ：一类是看的，欣赏鸟的毛色、身架和姿态；一类是听的，欣赏鸟的鸣声、音色和调门。小说的主人公宗二爷属于后一类，他养的是一只多嘴溜舌的百灵，不折不扣的张家口货。小说刊出时，配有一幅线条插图，画的是“虬龙爪”上挂着宗二爷的鸟笼子。让谢泉铭深以为憾的是，他当时缺乏养鸟方面的知识，没有看出图中是画眉鸟的圆顶鸟笼，而不是百灵鸟的平顶鸟笼。一个鸟笼子的顶部形状，露出了自己知识的破绽。

要说破绽，也许《咬文嚼字》一次露出的破绽更大。2015年农历为羊年，这年第2期的封面为了应景，画了一只很可爱的羊。谁知刊物出版以后，这只羊立即成了读者的靶子。你说它是绵羊吧，颚下

一只不伦不类的怪羊，让《咬文嚼字》成了读者的靶子

有着典型的山羊胡子；你说它是山羊吧，头上却不是山羊的尖角，而是绵羊螺旋状的粗角。山羊和绵羊虽然都是羊，但同科而不同属。《咬文嚼字》把两种羊的特点集于一身，画出了一只不伦不类的怪羊。原因无他，编辑部谁也不具备羊的知识！后来出合订本时，只得重新画了一幅。

罗竹风先生早就说过，编辑应该是杂家。你要做好编辑工作，就必须眼观六路，耳听八方，不断丰富和完善自己的知识结构。不错，“生也有涯，而知也无涯”，但这不能成为拒绝学习的借口，相反，应该成为更加发奋的动力。俗语“万宝全书缺只角”，是用来赞美知识渊博的人的，能达到这种境界，不是一件容易的事；然而，身为编辑，则要以“万宝全书补只角”自勉，窃以为。

（2016年11月）

别被南怀瑾先生言中

在一次演讲中，南怀瑾先生说，他不喜欢“媒体”一词。因为这个“媒”字，会让人想到旧时的媒婆。俗话说得好：“媒婆一张嘴，死鱼能戏水。”三姑六婆中，就数媒婆能说会道，巧舌如簧，死的可以吹成活的。难怪有“歪嘴媒婆”之称。

说来也巧，笔者写作此文时，电视里播出的曲艺节目，正说到媒婆提亲。媒婆在女方父母面前，果然是讲得天花乱坠，什么家财万贯啊，良田百亩啊，为人厚道啊，行事稳重啊，见女方已经心动，媒婆不经意地说了一句：“只是眼睛有一点小问题。”还没等对方反应过来，立即又补了一句：“一点也看不出来。”女方家长心想，既然一点也看不出来，那也无甚大碍，于是一口允了婚事。待到成婚那天，才发觉女婿原来是个盲人！女方父母找到媒婆质问，媒婆却振振有词地说：我不是告诉过你们，一点也看不出来嘛。你说这媒婆缺德不缺德？

南怀瑾先生抓住“媒体”这个称谓，我想并不是要咬文嚼字，而是在巧妙地批评社会宣传中的弄虚作假。事实不正是这样吗？比如图书宣传，红包书评、花钱买榜且不说它，单是风行一时的“腰封”，就有多少媒婆在上面摇唇鼓舌，以致“腰封”有了“妖封”的恶谥。香港作家李碧华更有一比，她说：图书上的这个窄窄的、花花的纸箍，放置得稍低一点，像内裤；往上一拉，就成了胸围。在崇尚眼球经济的时代，我们有不少图书，便不惜以“内裤”或“胸围”示人。

平心而论，腰封未尝不是一种创造，在图书市场上，发挥了重要的作用。问题在于，它同样也可以成为媒婆的舞台。读者不是经常读到雄踞榜首、粉丝千万之类的豪言吗，若是认真追究一下，往往是媒婆吹大的肥皂泡。且看《德语课》的腰封：“德国文学史上的里程碑杰作；‘世界50大’小说之一；一部余华借了舍不得还的不朽杰作……”喇叭吹得震天价响。马尔克斯有一部《百年孤独》，赢得世界瞩目，某社推出刘震云的《一句顶一万句》，宣传语竟是“中国的千年孤独”，连作家本人都感到难以承受。余秋雨先生的《问学》问世以后，腰封上赫然写着：“古有三千弟子《论语》孔夫子，今有北大学生《问学》余秋雨。”如此“雷语”，堪称震古烁今。最让人目瞪口呆的，是张悟本的《把吃出来的病吃回去》上的这样两句：“一本可能让您多活几十年的书！一本可能让您少花几十万的书！”只要花25元钱，可以多活几十年、少花几十万，世上还有比这更便宜的事吗？

笔者并不讨厌腰封。我只是觉得，宣传和吹牛不是一回事。宣传靠的是智慧，而不是骗术。记得当年在书摊上一眼看中《发现母亲》一书，就是被它腰封上的一句话打动的：“推动世界的手，是推动摇篮的手。”我觉得这句话中是有智慧的。但愿我们以后设计腰封时，能想一想鲁迅先生是怎么写图书广告的，老舍先生是怎么写图书广告的，有兴趣的朋友，还可以翻翻范用先生编的《爱看书的广告》，千万别被南怀瑾先生言中，让“歪嘴媒婆”牵着鼻子走。（2011年11月）

“急转弯”和“黑童话”

儿童节到了。有人问我：“不是儿童也六一”，这句话通吗？我说：通！非但通，而且灵光四射，诗情洋溢，耐人寻味。“六一”象征着童心和童趣，也意味着良知和责任。一个“人人六一”的社会，是身心健康的社会，也是充满着人文关怀的社会。

配合“六一”，《人民日报》发表了一篇短评：《少儿读物，如此“益智”》。文中举了两个“急转弯”的例子。一个是“什么时候是摘瓜的最佳时机？”答案是“看瓜人打盹的时候”。一个是“小偷给社会造成了危害，给警察造成了什么？”答案是“给警察创造了就业的机会”。如此胡搅蛮缠的“急转弯”，在成人的阅读世界，也许能博得无聊的一笑；对于孩子来说，只会导致善恶不辨，是非不分，影响智力开发和思维启蒙，甚至埋下罪恶的种子。

在少儿读物中，类似的“急转弯”，并非绝无仅有。记得去年“六一”，媒体上曾批评过“黑童话”。丑小鸭没有变成白天鹅，而是因为形象丑陋，一气之下离家出走，最后成了餐桌上的一盘烤鸭。《睡美人》中的公主，在一百年后醒来，不是从此开始幸福的生活，而是变为狠毒的女巫，踏上了复仇之路。童话本是儿童的最爱，在这些少儿读物中，却遭到了黑色的扭曲。少儿读物成了少儿“毒物”。

阅读是人类的精神生活方式。在人类的全部阅读中，孩子的阅读是最真实的。他们没有任何功利的考虑，只是满足精神的渴求。一本好书，可以在一生中留下温暖的记忆；而一本坏书，则有可能让人生出现“急转弯”，让美丽的童年涂上黑色的阴影。出版要为全社会服务，但如果没有为孩子们出好书，这个出版就必然存在着根本性的缺陷。

我国出版社已将近六百家，其中五百多家涉足少儿图书。随着出版改革的深入，我们迎来了少儿出版的春天。少儿的阅读天地万紫千红，美不胜收。

然而，不容否认的是，繁荣与乱象并存。“急转弯”和“黑童话”之类，犹如跑道上的绊脚石，清流中的污水管，花园里的罂粟花，它们虽然为数不多，但造成的后果严重，出版人不能不百倍警惕。

写到这里，想到了一则文坛掌故。1939年某日，马公愚先生举办学术讲座，谈及读书问题。有听众提问说：“福州路上书店里的书良莠不齐，有些品格极差，先生有何感想？”马先生说：“我讲一个故事吧。”笔者想以这个故事作为本文的结束。

某甲、某乙同住一楼，比邻而居。两间屋子用板壁隔开。某甲肠胃不好，消化不良，频频放屁，屋里空气混浊。某甲因久处其中，浑然不觉。

一日，某乙找上门来，说自己屋子里臭气熏天。仔细查看以后，发现板壁有了裂缝，气味是从某甲室里灌进来的。

某甲本想狡辩，待看了板壁后，才涨红了脸说：“原来我放的屁已经出板（版）了。”

此处应有笑声。只是不能仅有笑声。

（2015年9月）

唉，没有等到

张悟本的神话破灭以后，我一直在等待。等什么呢？等出版社给个说法，等有人告诉我，《把吃出来的病吃回去》一书到底是怎么出来的。等啊等啊等啊等，等到秋水望穿，天涯路尽，最后只能长叹一声，唉，没有等到。

那些日子，媒体上关于张悟本的文字是不少的。有关部门证实，张悟本并非毕业于临床医学专业，也不是什么养生研究员、高级营养大师、首席健康推广专家，更不是出身于中医世家，他的父亲不是国家领导人的保健医生。揭开老底，此君只是某针织厂的机修工，不知怎么摇身一变，成了“中国食疗第一人”。

那些日子，不少医学专家兴奋异常，一个接一个站出来驳斥张悟本的养生理论。他们指出白萝卜不

是灵丹妙药，喝绿豆汤不是人人皆宜，生吃长条茄子可以降脂毫无医学根据。总之，包治百病的“老三样”，被驳得体无完肤。张悟本的菜场就是医院、厨房就是药房的理论，成了荒谬绝伦的笑谈。

这些披露，当然都很重要。张悟本不是“神医”而是“神骗”，应该肃清影响。但我身为出版人，除了关心张悟本这个人，还关心张悟本那本书。他那本《把吃出来的病吃回去》的书稿是怎么到出版社的？经过正常的三审程序了吗？审稿编辑有没有发现其中的问题？宣传计划又是如何制定的？如此等等，我真的想知道，整个出版界都想知道。

这是要哪一家出版社好看吗？不是；是幸灾乐祸、落井下石吗？更不是。常在河边走，哪有不湿鞋？一个社一年要出几百本、上千本书，谁能保证一本书也不出问题？关键是要有实事求是之心，错了要敢于认错，不文过饰非，不装聋作哑。如果能把典型的个案公之于众，让整个出版界受到教育，那更是利人利己的事，善莫大焉。什么叫作审稿的眼光，什么叫作把关的责任，从一个案例中悟到的，也许会比十本教材中学到的还多。作为涉事的出版社，也应该有这种担当，这种气概。

可惜，事实总是让人失望。一本书在宣传时，出版社不遗余力，喊得震天价响；但只要一出问题，立即三缄其口，噤若寒蝉。这似乎已成了一种惯例。记得当年有一本《挪威没有森林》，作者是福原爱姬，说村上春树是她的“神秘情人”，此书是“一封没有公开发表的情书”，出版后轰动一时。后来《挪威的森林》译者林少华查实，这是一本彻头彻尾的伪书，福原爱姬其人纯属子虚乌有，但此事就此不了了之，出版社像没事人似的一声不吭。李辉质疑国学大师文怀沙，有人指出文怀沙主编的《四部文明》，其实是几个中学学历的人拆线复印古书鼓捣出来的。一项号称挑战《四库全书》的大工程，自身面对如此严重的挑战，出版社同样采取了鸵鸟政策，始终没有道出事实的真相。

今天，《把吃出来的病吃回去》一书，又一次采用了沉默的策略。社会上批张悟本批得热火朝天，出版界一片静悄悄。这就难保在张悟本之后，不出现赵悟本、李悟本。不信，你就瞧吧！

（2010年11月）

名人名言和轶闻轶事

晚饭后的例行功课是读报。在一家全国发行的晚报上，读到了一则“名人名言”：“痛苦对于人生来说，何尝不是一笔精神财富？一帆风顺的人，往往是浅薄的，因为思考的机会太少了。”下面的署名是马克•吐温。可我在读时，总觉得好生眼熟，脑子里不停地搜索，最后定格于一份青年刊物。我急忙找出这份刊物查对，天哪，这则“名言”竟出自鄙人笔下！

原来，就在两个月前，鄙人曾在这份刊物上发过一篇短文，谈人生不怕挫折，其中引用了马克•吐温的一句话：“生活是由幸福和痛苦组成的一串念珠。”当时觉得意犹未足，就在这句引文后面，发了几句感慨，即上面所引的一段话。引文加了引号，生发开来的文字没加引号，两者泾渭分明。谁知名言辑录者一不留神，竟把鄙人的感慨，挂到了马克•吐温的账上。

环顾当今的图书市场，“名人名言”类的图书正大出风头。然而，让人遗憾的是，不少这一类的图书，并非用的第一手材料。它们或者是同类图书相互转抄，或者是辑录报刊上的二手、三手引文。这样一来，以讹传讹，张冠李戴的“乌龙”名言，甚至类似鄙人这样的“马克•吐温”式的“名言”，便有了出笼的机会。

谓予不信，不妨找几本书对照一下。比如，“外貌只能取悦一时，内心方能经久不衰”，一本书说是出自大文学家歌德之口，另一本书却说是革命导师列宁的教导。又如，“苦难是人生的老师”，这一条名言多种选本都收了，但有的说版权属于叔本华，有的说见于巴尔扎克的书信。真是各吹各的号，各唱各的调，让读者不知信谁的好。

由名人名言，我联想到了轶闻轶事。最近几年，这些散见于报刊的材料，被有心人辑集成书，由于知识性、趣味性兼备，不少都名列畅销榜。可惜和名人名言一样，有时同一条材料相互龃龉，以至大相径庭。比如托尔斯泰《复活》的开头，一本书说是改了三遍，言之凿凿；一本书说是改了二十遍，并列出了第二十稿的译文；还有的书则说改了十多遍、二十多遍。由于概不交代材料来源，读者无从稽考，只能望书兴叹。涉及中国古代文人的轶事，有时更加混乱。“奈何奈何奈若何，奈何今日雨滂沱，滂沱雨祝陶公寿，寿比滂沱雨更多。”这首谐诗出自尽人皆知的一则民间故事。它的作者是谁呢？有的书说是祝枝山，有的书说是唐伯虎，还有的书说是明代的解缙。又是一笔糊涂账！

国外心理学家曾做过一次实验：一个班级有五十名学生，教师给第一名学生讲了一个故事，然后由第一名讲给第二名听，第二名讲给第三名听……每个学生在听时都表现出了明显的选择倾向，传时又加上了个人的主观色彩，结果传到第五十名时，故事已面目全非。我想，某些图书辑集的，也许正是第五十名学生讲的故事吧。

名人名言和轶闻轶事有着广泛的读者面，但愿辑者、编者能有虔诚之意，敬畏之心，认真搜集第一手材料，并下一番校勘考订的功夫，切不可单凭剪刀浆糊行事。

（1983年3月）

“错不得也，哥哥！”

编校差错林林总总，其中有一大类，是以讹传讹造成的。

早在1980年，上海某报刊出一则文坛轶事，说的是赵景深在北新书局编《青年界》，因为缺稿，向老舍求援。他写上一个大大的“赵”字，然后用红圈圈上，旁注一行小字：“老赵被困，速发救兵。”老舍接到信后，在原信上画一杆枪，直刺红圈中心，也注上一行小字：“元帅休慌，末将来也。”文章生动有趣，可惜与事实出入很大。

说来也巧，当时因工作关系，曾登门拜访赵景深先生。当说到报上这篇文章，先生翻出了老舍回信的原件。下面是我抄录的文字：

景深兄：

元帅发来紧急令：内无粮草外无兵！小将提枪上

了马，《青年界》上走一程。啰，马来！

参见元帅。带来多少人马？两千来个字！还都是老弱残兵！后帐休息！得令！正是：旌气照明月，杀气满山头！祝吉！

弟舍

这封回信，文字不长，妙趣横生。它不仅反映了两位前辈文化人的友谊，而且可看出老舍的写作风格。后来我曾就此写了一篇短文，发在刊登轶事的报上，也算帮该报作一更正。时过30多年，更正效果如何呢？“末将来也”的版本仍在传播，并未因为有人更正便销声匿迹。

《咬文嚼字》创办前夕，我在报上读到一位权威人士写的文章，文中谈到语言关系到国家尊严，举了一个例子：巴黎的标志性景观凯旋门，要用五种文字题写名字，其中包括中文。凯旋门的“门”究竟用繁体字还是简化字，法国总理亲自批示：征求中华人民共和国的意见。我国政府明确表示用简化字。不久后有机会去法国，我的第一个念头便是去凯旋门，想拍一张汉字题名的照片，刊登在《咬文嚼字》上。可那天见到凯旋门时，从正面看到背面，从顶端看到基座，围着这座建筑转了一圈又一圈，就是找不到这三个汉字。后来询问了几位法国朋友，他们瞪大了惊奇的眼睛，说从来没见过，非但没有汉字题名，连法文题名也没有。

为了“以正视听”，我在一篇游记中说了这件事。后来又在报上读到了别人考察凯旋门题名的文章。此事同样过去了很多年，今天我到网上查了一下，依然可以查到这则生动的题名故事，而且不仅见之于报，还见之于书，成了经典案例。

再说一个关于“巴金”的例子。早在大学读书时，便听说“巴金”二字由巴枯宁和克鲁泡特金名字合成，有着无政府主义的色彩。而事实完全不是这么回事。早在 1928 年，李芾甘写成了自己的第一部小说《灭亡》，想用一个笔名发表。他先想到“巴”字，因为不久前有一“巴”姓中国同学，曾和他相处过一个月，在法国某地投水自杀。他们之间不是很熟，但消息传来还是让他感到痛苦，便用“巴”字作为纪念。在他继续思考时，一位朋友走进房间，指着他正在翻译的克鲁泡特金的《伦理学》说：“就用克鲁泡特金的‘金’吧。”巴老觉得这个名字简单易记，当即在《灭亡》的封面上写下“巴金”二字。一个照耀文学史的光辉名字就此诞生。

巴老生前曾对笔名多次作过公开说明，现代文学研究者也有大量转述。照理，更正工作已做得相当彻底。去年读了一本新书，让我大吃一惊。这本书是香港某出版社出版的。书做得很认真，编者在校订之外，还加了不少注释。其中有一条正是关于“巴金”的：“原名李芾甘，青年时因崇拜俄国无政府主义者巴枯宁和克鲁泡特金，将二人译名各取一字作为笔名。”天哪，原以为讹传已经消失，谁知道越传越远，连香港也在传播。

事实证明，出错容易纠错难。且不说那些出门不认账的人，即使是严肃的报刊社、出版社，出了差错及时更正，其效果也是打了折扣的。信息传播是个动态过程，看得到原文的人，不一定看得到更正，这中间是存在着错位的。而且，一旦形成先入之见，对“更正”也许会有抗拒心理，在一定程度上持保留态度。所以，真正对读者负责，一定要在源头上负责，要防错于未然。与其多花十分力气纠错，不如多花一分力气防错。“错不得也，哥哥！”这句话应该常在我们耳边响起。

（2017 年 5 月）

我是买马人吗?

中国籍的作家，终于和诺贝尔文学奖有了亲密接触。这几天来，无论是报纸还是网络，广播还是电视，莫言的名字铺天盖地。在中国文学史上，恐怕从来没有一位作家，在短时间内受到如此密切的关注。上海的媒体在报道时，还不忘透露一句，莫言有16本著作的版权在上海文艺出版社，仿佛这样说可以和诺奖更亲近一点。确实，诺奖颁给莫言，不仅使莫言个人的知名度极大提升，而且更能引起世界对中国文学、中国出版的关注。大家都“与有荣焉”。

说起上海文艺出版社和莫言的交往，郏宗培是不能不提到的。早在1984年，身为《小说界》编辑的郏宗培，到位于北京魏公村的解放军艺术学院文学系组稿。这个系里有几位军旅作家，已经在文坛崭露头角，比如写过《高山下的花环》的李存葆，写过《唐山大地震》的钱钢。莫言也是这个系的学员，但他那时名叫“管谟业”，年龄还不到30岁，“养在深闺人未识”。郑宗培却凭着编辑的敏感，专门找了这位看上去有点腼腆的学员，就在用床铺隔得横七竖八的宿舍里，和他作了第一次交谈，并拿到了一篇短篇小说。这篇名叫《石磨》的作品，后来发在《小说界》1985年第5期上。

回忆出版界的这段旧事，有两点引起了我的思考。一是，今天的编辑还会去找“管谟业”吗？我想，肯定有人会去找的，但多数人恐怕会有所迟疑。郑宗培那个年代的编辑，都是古道热肠型的，很讲究文化责任感。他们就像老出版家李俊民所说，“不但要割韭菜，还要种韭菜”，把发现作者、扶持作者视为自己的使命。不管你管谟业是何许人，只要你有写作的潜力，他们就会热情联系、大胆组稿，不像今天更看重你的社会知名度和市场号召力。当然，等到管谟业种出“红高粱”、成功转型为“莫言”以后，你再向他组稿，这也是一种编辑思路；但我觉得向莫言组稿，和向管谟业组稿，其效果是不一样的，其意义也是不一样的。

二是，如果你遇上“管谟业”，拿到了《石磨》这样的稿子，你会拍板采用吗？这里有个眼光问题，或者说判断力问题。编辑工作是个一连串的判断过程。一个称职的编辑，要掂得出稿子的分量。我曾问过郑宗培：你对《石磨》的第一眼印象是什么？他脱口而出说：语言的土，土得让你读一句就难以忘却，和别的作家不一样。翻译过大量莫言作品的汉学家陈安娜也说过，她之所以喜欢莫言，是喜欢他作品中的独特的语言感。这就是一种职业感觉、一种职业判断，是对一位作家的特色的捕捉和肯定。郑宗培对莫言的长达20多年的关注，是建筑在这种判断的基础上的。

《战国策•燕策二》有一则寓言故事，说的是某人卖马，在集市上卖了三天，连一个问的人也没有。后来只得求助于伯乐。伯乐来到集市上，什么事也没有做，只是对马“环而视之，去而顾之”。就在伯乐离开后，集市上的人纷纷涌到马主人面前，要求买下这匹马。结果马价一下子提高了十倍。

我们都应该问问自己：我是寓言中的买马人吗？

（2012年11月）

南派三叔的“秘笈”

据媒体报道，有两部“盗墓小说”很火。一部是《鬼吹灯》，追捧者自称为“灯丝”，作品已宣告“大结局”，但灯丝的热度不减，喊出的口号是“灯灭人不散”。另一部便是《盗墓笔记》，前七册印数已逼近一千万册，最后一卷却迟迟不见踪影，害得“稻米”们望眼欲穿。2011年底，这“另一只靴子”终于落地，成了年底的一大文化新闻。出版社在腰封上写上的一句话是：“连《盗墓笔记》大结局你都能等到，还有什么能难倒你！”

说句实话，这两部书，我一部也没看过。但我见过《盗墓笔记》的作者南派三叔。那是在2011年的上海书展上，他为读者签售由他主编的杂志《超好看》。远远一瞄，这位“三叔”啊，分明是一个未脱青涩的大男孩！可他的号召力，着实让我吃惊。在他签售前的几个小时，“稻米”们就排成了长队，少说也有上千人，每人手里都捧着黄封面的《超好看》，一面排队一面阅读。书展上的喧闹是可想而知的，这支上千人的队伍却是一派宁静，耐心地等待着自己的偶像。这成了书展上的一道独特的景观。

也许，我以后也不会看《盗墓笔记》，但身为出版人，不能不思考一个问题：南派三叔的吸引力

一本印数让出版社垂涎的刊物，
究竟隐藏着怎样的办刊秘密？

从何而来？他究竟有什么高人一筹的“秘笈”？我想，他主编的刊物的刊名，恐怕已经作出了回答：“超好看”。他在上海书展上甚至打出了这样的广告语：“写小说不以好看为目的，那纯粹是要流氓！”《盗墓笔记》的最后一卷，按照作者的说法，其实早就构思好了，之所以要一拖再拖，就是想把“好看”推到极致。英国大作家狄更斯曾经说过，写小说就像编篮子，开头容易收尾难。南派三叔为了“好看”，懂得在收尾上下功夫。或者换一种说法，他在小说中挖了很多“坑”，大结局时这些“坑”都得填上，不但要填得合情合理，还要填得出人意料。这无疑是对作家想象力和创造力的挑战。

作为小说，当然可以有不同的美学追求，展现不同的风格特色。“好看”也是因人而异的。你可以金戈铁马，惊涛骇浪，一波三折，高潮迭起；也可以清风徐来，水波不兴，淡扫蛾眉，轻移莲步。你可以如一瓶烈酒，一盆烧鸡，浓香扑鼻，美味诱人；也可以似一杯清茶，一枚橄榄，清幽飘渺，余韵悠长。从美学角度来说，两者并没有高下之分。问题在于，作为作者，作为出版者，你心中必须有读者，而且必须充分了解他们的阅读口味。

南派三叔本不是作家，也不在乎做作家，他只是无心插柳，写成了一部畅销书。如果说有什么“秘笈”的话，那就是他知道书是写给谁看的。你看他的《超好看》，一出手就是50万册，让多少做刊物的人垂涎。他知道冲着这本刊物来的，都是爱好故事的人，于是，他就以故事性为卖点，一心想让读者在精彩的情节中获得阅读的快感。这就叫作尊重读者。

写到这里，想到了一位知名作家的话：读者的要求并不一定是对的，但无视读者的要求，那肯定是错的。你说是吗？

（2012年1月）

编辑和“念稿子”

大凡开会，总有人念稿子。当年可不是这样的。不信，你读一读《毛泽东选集》，那里面所收的讲话稿，能让你一下子感受到会场的气氛。这是不用稿子讲话留下的痕迹。

我见过毛泽东演讲的照片。其中有一张是，在延安窑洞外面，小凳子上放着茶缸，毛泽东扳着手指头，正在一二三四地侃侃而谈。其实，老一辈革命家讲话都不兴念稿子。就说陈毅元帅吧，那简直是一个天才的演说家。凡听过他报告的人，对他的渊博的学识、风趣的语言、豪爽的性格，都留有深刻的印象。据说有次他做报告，面前放着一张纸，人们都以为是发言稿，后来发现上面一个字也没有。陈老总的解释是：“我是怕有人说我不认真，才放上一张纸的。我自己说我想说的话，要啥子稿子嘛！”

然而，不知从何时开始，“秘书写稿，领导念稿”成了一种风尚。甚至连调查会、研讨会、座谈会也念稿子。有些领导离开稿子就不知道该说什么。这不仅使会风日趋僵化，更使某些干部精神萎缩、作风懒散，丧失了独立思考的习惯和准确表达的能力。由于稿子不是自己写的，念起来疙疙瘩瘩、结结巴巴，动不动还会出洋相，这还谈得上什么号召力、感染力！某领导的发言稿中，引用了“十月革命一声炮响，给我们送来了马克思列宁主义”这句名言，他念成了“十月革命一声炮”，翻到下页见到还有一个“响”字，不禁脱口而出：“他妈的，怎么在这儿响啦？”这也许是个段子，但它揭示了生活的真实。

党的十八大带来了很多新气象，其中之一便是会风的改变。习近平总书记第一次亮相的第一句话——“让大家久等了”，说得何等亲切、真诚，没有一点儿政治腔。李克强在座谈会上，一听到有人照本宣科，马上打断说“不用念稿子”，要“多提具体问题”。王岐山更是干脆：“参加王某人的会，不准念发言稿，要学会深刻思考。”中央领导不约而同地以身垂范，强调开会不念稿子，这是为什么呢？因为他们看到了念稿子背后的问题：某些干部不深入实际、不调查研究、不思考问题，缺乏真知灼见，迷恋形式主义，不敢担当责任。强调开会不念稿子，目的不仅是要提高会议质量，更是要从根本上提升干部素质。这也许是政治改革的一个良好开端。

新年伊始，笔者就“念稿子”喋喋不休，一方面是为十八大带来的新气象感到振奋，另一方面也是有感而发，希望在我们的刊物中也能体现不念稿子的精神。领导念稿子，往往是被秘书专政；而刊物“念稿子”，则如尼采所说，是让别人的思想在自己的头脑里跑马。身为刊物的编辑，我在阅读来稿的时候，常有坐在会场里听领导念稿子的感觉。话题没有独创性，观点早已被人说烂，材料成了狗皮膏药到处乱贴，甚至连语言都如出一辙。读这样的稿子，其效果正如顺口溜所说：“台上首长做报告，台下听众睡大觉……”现在会风正在改变，我想，我们的刊风、文风也得跟着改变。说自己的话吧，别老是念别人的稿子！

（2013年1月）

欧元和皮夹子

十多年前，欧盟向世界宣布，欧元将正式投入流通。我国报纸上刊登了这一消息，并配发了一张欧元照片。很多人只是把它当成一条普通新闻，有一个人却从中发现了商机。这个人就是温州商人王均瑶。他察觉欧元的尺寸比以前欧洲各国的货币大了一点，原来的皮夹子装不下。于是立即设计并生产适合装欧元的皮夹子。2002年1月1日，当欧元问世的倒计时钟声，在布鲁塞尔王宫敲出最后一响时，王均瑶的皮夹子也应声推向欧元国家，结果正如预期大获青睐。由此可见，商机是要靠自己的眼光来捕捉的。

出版又何尝不是如此？

大概在1980年，三联书店的范用先生和曾任人民文学出版社副总编辑的楼适夷先生同来上海。两个

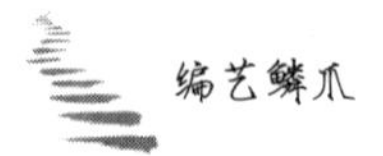

人在旅途中天南海北地闲谈，谈到了不少文化人在“文革”中的遭遇，其中就有翻译家傅雷。楼适夷和傅雷是多年的至交，他谈到了傅雷的艺术修养，傅雷夫妇在“文革”中的惨烈赴死，还谈到了傅雷十几年中坚持给在海外的儿子傅聪写信。说者无心，听者有意。范用和傅雷并无交往，但他凭着出版人的敏感，意识到了傅雷的信是一笔宝贵的精神财富。它不仅能让我们走近一个伟大的灵魂，得到道德和艺术的熏陶；还能为家庭教育树立楷模，传承中华民族的优秀传统。于是回京以后，立即以极大的热忱寻觅到了这批信件，并克服一个个难关将它投入了出版过程。这就是我们后来读到的轰动全国的《傅雷家书》。这本书在短期之内印到了100多万册。要是没有楼适夷先生的热心介绍，没有范用先生的及时捕捉，当代出版史上能留下这样一本经典著作吗？

当年如此，今天的出版又何尝不是如此？

2014年恰逢中日甲午战争120周年。为了直面这场战争留下的民族屈辱，反思战争烽烟中隐藏的历史教训，作好再打一场“甲午战争”的精神准备，新华社解放军分社和《参考消息》编辑部联合策划了“军事名家甲午殇思”的大型系列报道，在《参考消息》上连续刊出。《参考消息》的发行量是惊人的，它名列世界报纸发行量的第五位，期发量达到300多万份。每天该有多少人读到这份报纸！就在《参考消息》刊出第二篇报道时，全国五百多家出版社中，上海远东出版社社长徐忠良掂出了这组报道的分量，立即发起冲刺飞抵北京，商定了《甲午殇思》一书的出版事宜。该书在上海书展甫一亮相便引起了轰动。其实就在徐忠良社长之后，又有多家出版社赶到《参考消息》社组稿，无奈“远东”已捷足先登。这让我们看到了一场耐人寻味的捕捉能力的竞赛。

古谚云：“将飞者翼伏，将奋者足踽，将噬者爪缩……”“翼伏”“足踽”“爪缩”，正是一种捕捉的预备姿态。一个称职的编辑，只有保持这样一种职业张力，才能像猎豹一样，在关键时刻纵身跃起，扑向目标。

（2015年1月）

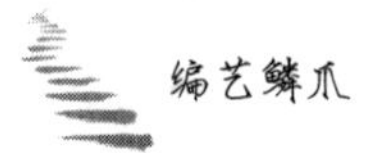

江泽民唱《捉放曹》

想起了一则旧闻：那年江泽民主席访美，与当地华人联欢。他兴致勃勃地唱起了京剧，唱的是名段《捉放曹》。其实他只唱了一句——“一轮明月照窗下”，但就是这一句，唱得峰回路转，波翻浪叠，如山泉在石上跌宕，苍鹰在云间盘旋。在场的华人代表一个个听得如痴如醉、荡气回肠，随着一声满堂彩，掌声如雷鸣一般响起。我想，这就是所谓把戏唱足吧。

可惜，不少做书的人，似乎不懂得怎么把戏唱足。几天以前，听一位年轻朋友“吐槽”，他说自己正在日夜兼程赶书，去年赶了22本，今年计划赶25本，平均每月不少于2本。让他“泪奔”的是，他把别人喝咖啡的时间都用到了审稿改稿上面，却感受不到文化创造的快乐。一本本新书送进书店，每次都是企足凝望，侧耳倾听，却看不到、听不到一点动静，仿佛投进了无底深渊。文化智慧黯然消失，让人有暴殄天物的感觉。

有一年参加版权交易会，曾碰到过一位台湾书商。他说他年年参展，但并不租借摊位。他把自己历年的看家书印成了一叠宣传卡片，整日在会展大厅里穿梭，碰到合适的客户就请人家看卡片，自己在一旁逐本介绍，据说年年都有收获。我看了他的卡片脱口而出说：“这不都是旧书吗？”这位书商的回答是：“书的价值其实和新旧无关。只要这本书在市场上还没饱和，出版社就有推销的责任。做书的人怎么能对自己的产品没有信心呢？”现在想来，这位书商是深谙唱戏三昧的。他说的这一番话，大有深意存焉。

香港联合出版集团前总裁赵斌先生，曾在一次演讲中，慨叹我们堕入了“赶书”的怪圈。一本新书在书店里，也许只有一周的销售时间。如果在这一周里，做不到引人注目、声誉鹊起，就会面临下架的尴尬。出版社为了让自己的书占领市场，只能立足于“赶书”，前仆后继，轮番上阵，这本下架，那本顶上，那气势简直用得上“悲壮”一词。古人曾有“咏雪”一诗，我想仿来“咏书”：“一本一本又一本，两本三本四五本，六本七本八九本，逐下书架无处寻。”一年出书40万种，大量的只是一个统计数字而已，有几本书真正称得上“书”呢？

出版社承担着文化积累的重任。书店眼睛里如果只有新书，那是一个畸形的图书市场。出版人被书店牵着鼻子走，注定是无法完成自己的历史使命的。《论语》《孟子》不是旧书吗？但它们成了中华文化的源头。柏拉图的《理想国》、亚里士多德的《诗学》不是旧书吗？但它们在文化史上有着不可动摇的地位。说句绝对的话，凡是经典，都是旧书。正是一本本旧书，构筑了人类文化的大厦。新书是文化创造的最新成果，只有在图书市场上顽强地表现自己，成了被越来越多的人所熟悉的旧书，才能体现出它的价值。图书营销的最高境界，也许便是把一本本新书卖成长销不衰的旧书。

在波诡云谲的图书市场上，我们能否也来唱一句“一轮明月照窗下”呢？

（2014年7月）

“人精遇上人精”

易中天绝对是个“人精”！

当年我在集团里主持“海上人文讲坛”时，曾请他来开过讲座。他问：“讲什么呢？”我也学着他的湖南腔问道：“擅长讲什么呢？”你道他怎么说：“除了造原子弹，其他我都能讲。”后来我们商定的题目是“城市的文化品格”，此公又口出狂言：“你把我蒙上眼睛，随便空降到哪一座城市，我只要用鼻子闻一闻，就知道是哪一座城市。”这未免太夸张了吧！但你只要读过他的《读城记》，领略过他对城市精神、城市心理的勾魂摄魄的描写，便会觉得这种说法即使是狂，那也是狂而不妄。

路金波同样是个“人精”！

当年我们曾合作出版过网络文学刊物《榕树

下》。那时他用的是网名“李寻欢”。没有见面之前，“寻欢”这两个字，在我脑海里留下的是公子哥儿的形象。待到见面才发现，原来这位“寻欢”先生长相清秀，谈吐儒雅，一派戏曲中的书生模样。虽有寻欢之名，其实并非寻欢之辈。他每个星期都会到出版社来，遇到出版中的问题，会像中学生一样发问，谦虚，诚恳，单纯，但从不轻易放弃自己的观点。《榕树下》之后，我们还曾联手推出过陆幼青的《幻城》，并由他策划了为《幻城》征求“尾声”的活动。我至今仍觉得这个活动是富有编辑智慧的。

易中天遇上路金波，按照易中天的说法，是“人精遇上人精”。那将会碰撞出怎样的火花呢？请看这可称组稿经典的一幕：

作为“果麦”的掌门人，路金波深知易中天在图书市场上的号召力，经过一番策划以后，由他出面向易中天组稿。他原定的设想是，选一套传统文化的典籍，比如《大学》《中庸》之类，请易中天作通俗化的解释。当他说明来意之后，发觉这完全不在易中天的兴趣点上。路金波的可贵之处在于，他从谈话中捕捉到了一条信息，易中天自《帝国的沉沦》之后，便一直有写史的冲动，苦于找不到合适的形式。路金波立即调整自己的思路，他顺着易中天写史的想法，根据自己对现代人阅读习惯的了解，建议不必走“通史”的老路，不妨把几千年的历史“化整为零”，一个专题写一卷，写它个几十卷。电光石火，风云际会，这条建议让易中天豁然开朗，一直在胸中奔突的写史热情，终于找到了一个突破口。路金波可谓歪打正着，不经意间钓上了一条长达36卷的大鱼。

这套史书叫什么名字呢？路金波主张用“中华史”。这三个字不是很大气吗？易中天不同意，因为在他看来，这不是官方修史、集体修史、奉命修史，而是一个人修史，是用自己的眼光修史，书名要体现出这一特色。于是，他又加上了三个字：“易中天•中华史”。路金波怎么看都觉得不顺眼，最后删掉了中间的小圆点，定名为“易中天中华史”。别小看这一点之差，这里恰恰体现了编辑敏感、编辑眼光！词语中间放一个小圆点，目前是很流行的，但它第一不符合间隔号用法的规定，第二割断了“易中天”和“中华史”的联系，减弱了这套史书的特色。去掉小圆点是十分明智的。

易中天如今已踏上了写史的征途。这注定是一个充满了挑战性的过程。它对易中天的写作生涯是一个挑战，对中国写史传统也是一个挑战。若干年后，当这套史书出齐时，再来回顾它的组稿瞬间，一定会是别有意味的。

（2013年7月）

说说一个人写的“疯狂史”

易中天发布了一条“雷人”消息：一个人写36卷本的《易中天中华史》！全书贯串3700年，从女娲写到邓小平，计划5到8年完成。此言一出，媒体炸锅。乐观其成者有之，大摇其头者有之，有人甚至断言：什么中华史？分明是“疯狂史”！“扯淡史”！

本人在震惊之余，想到了陈独秀的那篇文章：《欢迎湖南人的精神》。陈独秀十分欣赏湖南人的“扎硬寨，打死仗”，看到在他们身上有一股九死不回的牛劲。易中天便是一个湖南人，一个湖南精神十足的湖南人。他在发布消息时，其实正藏在江南某古镇奋笔疾书。他早已精心计算过，要完成这样一部皇皇巨著，必须坚持每天平均写1000字，但这工作量对他来说，并不像一般

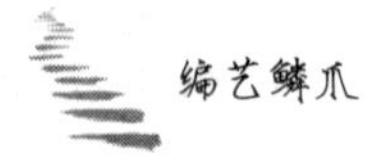

人想象的那么恐怖。

作为一个出版人，面对这条新闻，我倒觉得别有看点。

首先，图书要打上自己的烙印。易中天是一个人写史。他所看重的，是全球视野和现代史观。他想通过对中外文明的梳理和比较，认清中华民族的位置，在历史的纵深处，寻觅前行的道路。可见，这部书是有着明确的定位的。和易中天相比，我们在制订选题时，在审读稿件时，有没有自觉的文化追求呢？有没有强烈的竞争意识和超越意识呢？做编辑的不妨扪心自问。

其次，图书要有适合读者的表述。易中天不仅想改变历史书的思维方式，还想改变历史书的表述方式，他想写得像“90后”甚至像“00后”。经过“百家讲坛”的历练，他知道内容要让读者接受，首先形式要让读者接受。高头讲章即使再精辟，也是缺乏亲和力的。为此，这部书的语言力求充满镜头感，有着湖南“剁椒鱼头”的鲜辣；布局还受到迪弗小说《石猴子》的启发，不时在字里行间来上一点“侦破”；甚至连标题都颠覆了传统历史书的风格：嫦娥的私奔；革命就是请客吃饭；上帝敲了回车键……本人做了40多年的编辑，发觉不少图书销路不佳，往往不是内容问题，而是表述问题。感谢易中天给中国出版界上了一课。

另外还值得一议的，是“果麦”掌门人路金波。易中天说，没有路金波相邀，他也会写中华史，但也许不是今天的规模和面貌。正是路金波的“化整为零”的建议，让他们商量出了石破天惊的36卷的写作计划，改变了一个作者的创作走向。当然，这一切可能是出于商业考虑。路金波预测，全书出完可销到100万套，3600万册，码洋将近13个亿。你不能不承认，在社会文化生产中，路金波发挥了组织者的作用。这位风流倜傥的路总，该出手时就出手，而且出手便是大手笔。难怪易中天称他是“人精”。

（2013年7月）

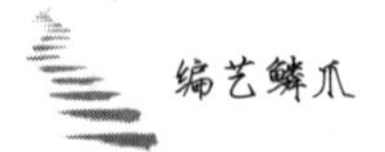

由“青歌赛”说起

那天打开电视机，“青歌赛”正在播出。我知道这是央视的名牌节目，推出过彭丽媛、宋祖英、关牧村、韦唯、毛阿敏、谭晶等一批歌星，自然期待着一饱耳福。谁知道等了半天，只有王立群教授在滔滔不绝地点评。平心而论，王教授的知识是渊博的，但我有点不太耐烦，就像鲁迅童年时看社戏，一心盼着铁头武生登台，受不了老生的慢条斯理。前几天报上有篇关于“青歌赛”的报道，题目是《观众想听歌，教授爱讲课》，可谓与我的感觉不谋而合。

据这篇报道，王立群教授的点评除了唠叨，还不时出错。比如选手苗金东在答题时，要求回答“下列哪部作品与作家对应有误”：《安娜•卡列尼娜》与托尔斯泰、《巴黎圣母院》与雨果、《人间喜剧》与司汤达。选手选的是第三项。稍有文学知识的人都知道，《人间喜剧》是巴尔扎克作品的总称。可荧屏显示的正确答案是第二项，王教授点评时也认定选手答错，坚持《人间喜剧》的作者，就是写过《红与黑》的司汤达。这实在是个让人哭笑不得的失误。不过回头想想，也不能苛责王教授，他毕竟是专攻古代文学的，《史记》可以讲得头头是道，到了外国文学领域，完全可能马失前蹄。

其实，谁又能是“万宝全书”呢！中国社科院哲

“八大山人”的署名，
既像“哭之”，又像“笑之”

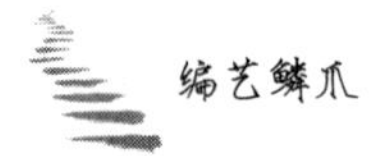

学所的徐友渔先生，曾在电视访谈中公开揭过自己的短。他有一次在南京大学讲学，后乘便去南昌参观“八大山人纪念馆”。“八大山人”可是一个大名人，书画爱好者都知道他是清初的画家，擅长山水花鸟。他画的山水都是残山剩水，落款“八大山人”连缀书写，既像“哭之”，又像“笑之”，以此寄托亡国之痛。徐先生参观完后，冷不丁问接待人员：“为什么只介绍朱耷一个人呢？”原来他不知道“八大山人”是朱耷的号，还以为像“扬州八怪”一样，应该是八个人呢！

这里，不妨也说一个我自己的例子。刚开始做编辑时，我编过一本谈文学风格的书。书中有这样一段：“我们从高高的金字塔看到阿拉伯民族的伟大，从巍巍的古长城感到中华民族的光荣。金字塔、古长城就成为这些民族的突出标志，成为该民族物质文明、精神文明的象征……”说句实话，当时我是很欣赏这段文字的。后来偶然看到一篇关于金字塔的介绍，才发觉书稿中有知识性的错误：金字塔不是阿拉伯人建造的！阿拉伯人自有其伟大之处，但这个民族的兴起，已是公元7世纪的事，那时由古埃及人建造的金字塔，至少已矗立了三千年。我在审稿时没有发现这一问题，说明自己在世界史方面的知识少得可怜。

一路说来，只是想强调一点：知识的缺失，是很容易出洋相的。编辑要和各类书稿打交道，一定要建立自己的知识优势。要成为一个称职的编辑，首先要保持浓厚的学习兴趣，眼观六路，耳听八方，不断完善杂家型的知识结构；其次，要训练敏锐的职业感觉，要用挑战的眼光审视书稿，善于从不疑处发现疑问；除此之外，还要掌握正确的检索方法，知道到哪里寻找自己需要的知识，自己可以不是“万宝全书”，但能做到“万宝全书”为我所用。你说是吗？

（2013年5月）

日本的报纸

在日本探亲期间，读到国内的一篇文章，上海《新闻晚报》的一位编辑写的。《新闻晚报》2014年元旦起休刊，文章写的便是休刊前的编辑部故事，一股浓得化不开的离情别绪荡漾其中，让我这个做书的人也不禁感慨复唏嘘。一叶落知天下秋。《新闻晚报》的今天，难道是我们的明天？

就在这篇文章之后，又读到了世界新闻协会公布的一份榜单：报纸发行量世界前十名。全世界到处出版报纸，没想到前十名的分布高度集中。其中，日本占了半壁江山：《读卖新闻》《朝日新闻》《每日新闻》《日本产经新闻》《中日新闻》；中国名列其中的有两家：《参考消息》和《人民日报》；另外三家分属印度和德国。在这世界十强中，《读卖新闻》居首，期发996万；《人民日报》

殿后，期发260万。当今世界，数字浪潮呼啸奔腾，顺之者昌，逆之者亡，日本报纸受到冲击自然也不例外，但至今仍能保持1000万印量的高位，不能不让人感到惊讶。

以后几天，只要有机会，我都会向周围的人问一个问题：日本人为何如此执着于报纸？得到的回答最多的是：习惯。日本人进超市会捎买报纸，坐地铁会打开报纸，连在咖啡馆里，也会静静地读着报纸。几乎每一个小学生都订有报纸，因为学校里专门设有“报告新闻”的课程。我外孙就是在小学里订的《朝日新闻》。开始是逼着看，后来就想着看。每天放学回家不见报纸，到处寻寻觅觅，仿佛丢了什么似的。读报，成了一种学习方式，也成了一种生活方式。正是这种从小培养的习惯，形成了日本人的“阅读文化”。

办报是一种艺术。报纸和出版相比，要在短时间里完成传播任务，更需要准确把握读者心理。日本的报纸善于在“新闻”上下功夫，不但重视信息量，还十分重视信息的针对性。为此，五大报纸总社设在东京，同时在大阪、名古屋、福冈等地设立分社，积极报道当地新闻。同一家报纸不同地区的版面是不完全一样的。NHK（日本放送协会）曾公布过一份调查材料，80％的日本人仍习惯于通过报纸来了解社会上的重大事件。他们认为，电脑提供的是海量信息，报纸提供的是有效信息。

值得一提的，还有日本报纸的发行工作。报纸的“贩卖所”遍布全国，包括偏僻的农村。贩卖所的从业人员，简直是“无孔不入”，你当天搬进新居，也许第二天就有人敲门推销报纸。订阅的方式主随客便，可以按月计算，也可以按日计算；可以订全天报纸，也可以只订早报或晚报。订户搬家，只要打一个电话，就可早报送到旧宅，晚报送到新居。订户的权益更是能得到尊重和保护。本人在国内订报，经常发现缺失，反映给投递人员，多半是泥牛入海无消息；这事若发生在日本，准会有人专程为你补送。

古人说：“他山之石，可以攻玉。”我们既要看到大印量，也要看到大印量背后的呕心沥血；既要看到鸭子优哉游哉的身姿，也要看到它水下一刻不停的脚掌。办报如此，出书何尝不是如此？

（2014年3月）

装帧设计要有“灵魂”

上海书展已成为读书人的盛大的节日。徜徉其中，不仅可以邂逅那么多好书，还能走近那么多名人。今年是书展十周年，更是一场活动接一场活动，让人目不暇接。然而，其中有一场活动，却是静悄悄地在一家私人书坊举行。这就是由“中国最美的书”评委会牵头举办的书籍设计艺术座谈会。

孔夫子时代，肯定谈不上书籍设计，至多考虑捆扎竹简用的牛皮绳子如何更牢固一点，以不至于“韦编三绝”。只有在纸张出现以后，书籍装帧才有了需要和可能，经折装、旋风装、蝴蝶装、包背装等装帧形式才有机会相继问世。至于封面设计、版式设计，我想，那应该是书籍市场兴盛之后的事。书籍传播，催生并推动了书籍设计艺术；而书籍设计，又完善了书籍的形态，提升了书籍的文本价值和文化影响力，让书真正成其为书。

本人于书籍设计，纯粹是门外汉。因为色盲关系，从不敢对设计师说三道四。但是做了几十年的编辑，和各色美编打交道，也积了几句话想说。我隐约觉得，在设计师面前，似乎有两种诱惑，或者说是两种声 音：一种来自市场，一种来自艺术。

有些设计师跟着市场走。为了取得预期的市场效果，他们习惯用渲染、夸张的设计手法，色彩要艳，字体要大，你看机场销售的图书，书名用字都弹眼落睛。如果这一招还不见效，有些人或许便会铤而走险，和文字编辑串通一气，用暧昧的书名和低俗的图案去挑逗读者，甚至用雷人的、虚假的信息制作“妖封”去欺骗读者。

有些设计师跟着艺术走。他们有自己独特的审美趣味，根本不把市场、不把读者放在眼里。为了践行自己的理想，有些人的字越用越小，以至于用放大镜才能看清。有些人的开本越选越怪，压根儿没有书要放到书架上的概念。尤其是版式设计，几乎成了炫技的试验田，连页码标注都东躲西藏，不考虑阅读效果。

这两种设计都是不足为训的。前者是自我迷失，后者是自我迷恋：两者都违背了设计的宗旨。作为设计师，眼中不能没有市场，但又不能被市场牵着鼻子走，否则便很难保证图书的品格。同样，作为设计师，心中不能没有艺术，但书籍设计是一个特殊的艺术品种，一定要从书出发，让设计成为书的内容和气质的形象展示，而不是自我陶醉、自我欣赏，那样很容易落得个“知音少，弦断有谁听”的凄凉局面。

书籍设计，有三个条件是必不可少的。第一要有合适的制作材料，这是物质保证；第二要有良好的印刷工艺，这是技术保证；第三要有设计师的眼光和能力，这是艺术保证。这三者的结合，才能设计出最美的书。而其中的关键是第三点。材料和工艺是为设计师所用的，它们表现为设计的外在形式；设计师的眼光和能力，才能表现出设计的灵魂。一个没有灵魂的设计，即使外在形式再出色，也是谈不上美的。窃以为。

（2013年9月）

书贵和谐

先说一个真实的故事：

德国有个叫尤丽叶的女孩，年方23岁，体重达220公斤，连工作也没着落。正当她自怨自艾时，慕尼黑马戏团找上门来，聘用她做报幕员，谁知竟一炮而红。她在台上一亮相，场子里便掌声雷动。该团创下了票房历史最高纪录。

成功的秘诀何在？马戏团的演出风格热烈、夸张、幽默，报幕员的奇葩体型正和这种风格珠联璧合，而且还突出和强化了这种风格。出人意料的组合，产生了出人意料的效果。这就是和谐的魅力！谁能想象尤丽叶给英国皇家芭蕾舞团报幕？

美学史上有个毕达哥拉斯学派，该学派有一句名言：“美是和谐与比例。”古希腊哲学家赫拉克利特同样说过：“美在于和谐，在于对立的统一。”

当代美学家朱光潜先生有过一个生动的比喻：老鹰停在苍劲的古松上，向你瞪着雄赳赳的眼睛，这是一种美；池边旖旎的柳枝上，藏着娇滴滴的黄莺，在那儿临风弄舌，这也是一种美。前者是“骏马秋风冀北”的阳刚之美，后者是“杏花春雨江南”的阴柔之美。倘若黄莺飞上松枝，老鹰停在柳梢，和谐便荡然无存，只会让人觉得不伦不类。

图书又何尝不是如此？一本真正做得好的书，就应该是一个和谐的整体。从纸张到印刷，从封面到插图，从书名色彩到文字风格，从章节安排到字体选择，所有的一切都能相互呼应，相互衬托，而不是七拼八凑，“乌合之众”。

编辑家董秀玉退休以后，为杨绛先生做了一本《我们仨》。她从杨绛先生处获得了大量图片，开始想做成流行的图文本，全部用彩色照片。可是第一次排版样出来后，董先生左看右看，觉得味道不对，气氛也不对，怎么看怎么不舒服。于是她断然决定：第一，把大部分图片抽下来，全书以文字为主，“不让图片掐断杨绛先生的文思”；第二，留下来的图片，由彩色改为双色，力求和文字风格呼应，给读者以温馨、朴素的印象。《我们仨》问世

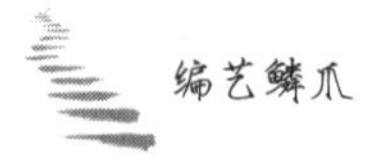

以后，一时洛阳纸贵，20天内重印了5次，4个月内销数高达35万册。读者不仅对文字内容作出高度评价，而且对文本形式予以充分肯定。如果董先生不是从图书内容出发，强行做成一本色彩鲜艳的图文书，难免和钱锺书、杨绛一家的人生态度、文化品格、精神追求格格不入。《我们仨》在和谐感的把握上，无疑是成功的。

王元化先生曾为《思辨随笔》一书的封面，给我打过三次电话。刚开始时出版社考虑到“思辨”的空灵性，设计的封面天高云淡，先生认为抒情色彩太浓，不适合理论书。后来改用了庄重的图案，先生仍然不满意，他在电话里说，《思辨随笔》是学术观点的辑集，不同于结构严谨的理论书，不宜设

《思辨随笔》荣获第二届国家图书奖。王元化先生不仅是文字作者，也参予了封面设计

计得太沉重。第三次来电话，他让我们到他家里取一本书——台湾版的《狐狸洞呓语》，李欧梵先生的杂文集。该书封面为深蓝色，在醒目的书名下面，有一个可爱的狐狸图案。他让美编参照这本书的风格设计。《思辨随笔》出版以后，因其内容的精辟、形式的新颖、装帧的大气，受到了各方面的好评，后来获得了国家图书奖。元化先生是大学者，也是出版家，曾任新文艺出版社的首任总编辑。他曾对我说过："封面不是一张皮，它是书的一部分。要让读者从封面看到书的风格。"先生为《思辨随笔》挑选封面的过程，让我们对图书的和谐感有了感性的认识。

有时，也许只是一个细节问题，比如插图的位置，字体的样式，但同样可能与和谐有关。这里不妨举一个《金文大字典》的例子。《金文大字典》是一部大型工具书，学林出版社的重点工程，从选题到出版，前后费时十年。该书主编是王国维的入室弟子戴家祥先生。字典收字之多，内容之全，体例之新，方法之精，超越了金文研究的同类书籍，具有极高的学术价值。为此，在装帧设计方面，出版社提出了"贵族化"的思路。全书分为精装三厚

册，采用高级中式函套，第一册丝绒的函套上面，别出心裁地镶嵌了一块仿制的青铜器散氏盘，于古色古香之中显出大家之气。然而，书出版后，戴家祥先生却不满意，曾让学生写信正式提出意见。戴先生主张书名应采用传统的题签格式直书，以与全书保持一致，而不是横写；全书字头皆用青铜器实物拓片影印，书名五个字也应用金文集字，而不是《说文》中的小篆。平心而论，《金文大字典》在装帧设计上达到了很高水平，它曾获得全国装帧一等奖，应该说是实至名归；但戴先生的意见有可取之处，可以让该书在和谐上表现出更高的境界。

当今出版已进入数字时代。纸质图书和数字读物相比，其物质形态与读者有更多的情感联系。既然我们还在坚守纸质图书，那就应该努力把书做到极致。这不仅在材料的选择上要严格把关，在印制的工艺上要与时俱进，而且在内容的编排上，在装帧的理念上，要有完整的文本意识和独特的审美眼光。我们要把书做得像书，既有阅读价值，又有欣赏价值，读起来荡气回肠，看上去赏心悦目，真正让人爱不释手。为了取得这样的效果，和谐是一个不可忽视的因素。它关系到纸质图书的前途和命运。

（2004年5月）

莫言的“萝卜”

诺贝尔奖评委会堪称魔术大师。2012年10月11日晚上，瑞典歌剧院大厅里只是轻轻地吐出“莫言”二字，九百六十万平方公里的土地上顿时沸腾起来。莫言的书出现了全国性的脱销。凡是拥有莫言版权的出版社，无不在日夜兼程地赶着印制。大老板凑热闹愿意赠送莫言一套位于北京的豪宅。莫言家乡山东高密有人忽发奇想，要栽种一万亩红高粱。哇，那该是怎样的粗犷和壮观！……

也许是受到了周围气氛的影响吧，我的脑子里也尽是莫言，想到了他的一部小说：《透明的红萝卜》。这部小说只有约三万字，至多算个中篇，但它是莫言创作中的最初的收获，有着标志性的意义。莫言写这篇作品时，还在解放军艺术学院文学系读书，他曾把它送给文学系主任，也是他的恩师徐怀中过目。作品原取名《金色的红萝卜》，徐主任看后，除了肯定作品的写法外，还提了一个建议：把“金色的”改为“透明的”。

我读这部作品，已是多年前的事，依稀记得这颗萝卜，是放在小铁匠的铁砧子上的。在作品主人公“黑孩”的眼中，萝卜“线条流畅优美，从美丽的弧线上泛出一圈金色的光芒”；同时，它又是那样“晶莹透明，玲珑剔透”。作者取名为《金色的红萝卜》，自然有着情节的依据，表现出了可贵的想

这本书也许可以说是通向诺贝尔文学奖殿堂的起跑线

象力；可是和“透明的”相比，似乎要略逊一筹。“透明的”看似不如“金色的”耀眼，用来形容一个萝卜，却是无色胜有色，显得更加灵动，更加新奇。它让作品因此涂上了一层幻觉色彩。这不算是点石成金，也称得上是颊上添毫。

大凡做编辑的人，都像徐怀中主任一样，很善于推敲作品的名字。当年女作家陆星儿写过一部反映医务界生活的长篇小说，作品主人公是位医生，负责精神病治疗。这部作品送到出版社时，书名就叫《精神病医生》。有关编辑审稿后提出，这个书名存在歧义，既可以理解为治精神病的医生，也可以理解为患精神病的医生。陆星儿接受了编辑的意见，后来这部作品出版时，书名改为《精神科医生》。看上去只是一字之改，但语言表达变得准确和严密。

然而，毋庸讳言，书名加工也有佛头着粪的例子。当年，清华大学蓝棣之教授主动请求新闻出版总署查禁自己主编的图书，便是因为书名闹出的一场轩然大波。蓝教授主编的这套书共有十册，收选的都是现当代著名女作家的诗歌、散文作品，每本书都精心拟了书名。谁知道出版社为了所谓的“博

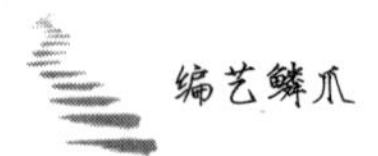

取眼球”，未经主编和编选者同意，全都擅自作了改动。比如，《说有这么一回事》改成了《鬼吻》，《无边的忧郁》改成了《梦妖》，《我是这样一个女子》改成了《呕吐》，等等。这些书名不仅和内容不相干，而且趣味无聊、低俗，让主编和编选者难以接受。

也有另外一种情况，编辑根本没领会作者取名的用意，便自以为是，居高临下，不负责任地随意改名。比如有一篇小说，作者取的名字是《坚硬如水》。编辑眉头一皱：“水怎么谈得上坚硬？”大笔一挥改成了《坚硬如冰》。殊不知这样一改，不仅作品的立意无法体现出来，而且书名本身压根儿站不住。有谁用“冰”来比喻坚硬呢？俄罗斯历史上的书报检查官在检查果戈理的《死魂灵》时，曾以“灵魂是不死的”为由，否定《死魂灵》这一书名。这样的无知的把关应该绝迹。

还是回到莫言的“萝卜”吧。但愿我们今天的编辑，能从“萝卜”的改名中，总结出一点为编之道。

（2010年12月）

刀下留神

小时候不懂事，摇头晃脑地背过几句“天子重英豪，文章教尔曹，别人怀宝剑，我有笔如刀”。待到做了出版，老编辑却告诫我说：改稿要火烛小心，千万别以为“我有笔如刀”，便在作者原稿上耀武扬威。——这当然是经验之谈。

然而，做编辑的怎能不改稿？改稿，与其说是编辑的权力，不如说是编辑的责任。一个称职的编辑，应该有一把“好刀”，而且要刀法娴熟。如今本人也跻身老编辑的行列，我想告诉年轻人的是：不要刀下留情，但要刀下留神。

吕叔湘先生编过一本《笔记文选读》，上海某出版社重印时，序言里有这么一句：“一九四三年曾经集印单行，后来因为这样的书读者还有需要，书店很久没有重印了。”恐怕小学生读了都会觉得奇怪，“书店里很久没有重印了”，其原因竟是“读者还有需要”。这是哪一家的逻辑？查查吕先生的原稿，原来是“……这样的书需要者不多”，编辑可能觉得如此说法有点气短，便“奋笔一改”把“需要者不多”改成了“还有需要”，改后又没复看一遍，以致前言不搭后语。

舒芜先生应某刊之约，写过一篇《“五四”时期的周作人》。文章刊出以后，先生在报上公开声明：“那不是我的文章。”这是什么情况？说来又是改稿惹的祸。比如该文第一句话，作者写的是：“1917年4月1日，一个32岁的中学教师，从外地来到北京。”编辑挥刀砍成了这般模样：“1917年4月1日，一个32岁的绍兴中学教师，竟然走进北京大学殿堂，执掌起教鞭。”舒芜先生问：周作人是4月1日晚上8时抵京，难道当晚就去北大授课？事实上周作人是直到9月4日，也就是5个月后，才接到北大聘书的。如此不合情理的改动，却要让作者背黑锅，编辑情何以堪？

当代作家盛氏可以，写过一条吐槽的微博。她的短篇小说《佛肚》中有句云：“这个花开阔绰的姑娘，内心早已一文不名。”作者视之为得意之笔，可在收入集子时，编辑改了一个字："花开阔绰的姑娘"成了"花销阔绰的姑娘"。这让作者很不爽，她在微博中大声发问："亲爱的编辑啊，胡不懂俺？"我是很为作者抱屈的。作品中的这个妙龄姑娘，容貌美艳，青春富裕，用"花开阔绰"多有表现力！它和内心的"一文不名"形成了鲜明的对照。审稿中碰到这样的句子，编辑应该起立鼓掌才是。置作者的匠心于不顾，无异于暴殄天物。

类似的例子可以举出很多。这些例子有一个共同的特点，就是编辑在改稿时有点心不在焉，还没看明白便大笔一挥，手起刀落，留下一片狼藉。这显然不是能力问题，而是态度问题。记得北大吴小如教授说过，编辑有改稿的权力，还得有改稿的能力；现在看来应补上一句：编辑有改稿的能力，还得有改稿的定力。在改稿前要一读再读，谋定而后动；在改稿时要全神贯注，保持思维的张力；在改稿后至少再看两遍，警惕可能出现的疏漏。这就是我想说的"刀下留神"。它应该成为编辑的一种职业习惯。

（2017年3月）

《荷花淀》删改的反思

《荷花淀》收入中学课本时，编选者在文字上作过一些改动。其中一处只是删了一个字，孙犁先生却“耿耿于怀”，直至在媒体上公开提出批评。

这一处改动是将“哗哗哗”改成了“哗哗”。作品中的情节是这样的：四个青年妇女摇了一条小船，去寻找刚参加部队的丈夫。不料，丈夫没有找到，却碰上了鬼子。好在她们都是白洋淀的女儿，摇船就像穿针引线一样熟练。眼看鬼子的大船快追上时，“这几个青年妇女咬紧牙关制止住心跳，摇橹的手并没有慌，水在两旁大声的哗哗，哗哗，哗哗哗！”编选者改动的便是这最后一句。

孙犁先生在一封公开发表的信里说：“他们删掉‘哗哗，哗哗，哗哗哗’最后的一个‘哗’字，可能认为：既然前面都是两个‘哗’，为什么后面是三个？一定是多余，是衍文，他们就用红笔把它划掉了。有些编辑同志常常是这样的。他们有‘整齐’观念。他们从来不衡量文情：最后的一个‘哗’字是多么重要，在当时，是多么必不可少的一‘哗’呀！”

读过《荷花淀》的人，应该赞同孙犁先生的说法。前面两个“哗哗”，后面一个“哗哗哗”，不仅在文字上显得活泼，具有摇曳多姿的修辞效果；

1945 年，孙犁在荷花淀。一个有个性的作家，即使一个字的改动，也是深思熟虑的

更重要的是，后面多一个“哗”字，说明船摇得越来越快，激起的水声越来越响。这一个“哗”字，是塑造四个青年妇女临危不惧的形象的需要，也是交代小船能顺利摇进荷花淀情节的需要。正如国歌中前面三个“前进”，后面一个“进”，这看似不合习惯的用法，可以更好地表达中国人民前仆后继的牺牲精神。编选者删掉这个必不可少的“哗”字，说他们“不衡量文情”，这是并不为过的。

《白洋淀纪事》在人民文学出版社出版时，《荷花淀》也作过一处改动。原稿中说水生等几个年轻人报名参加部队打鬼子，他们的妻子都表示支持，待他们上船走后，“女人们到底有些藕断丝连”。责任编辑觉得“藕断丝连”不妥，改成了“牵肠挂肚”。谁知书出版后，孙犁先生大为恼火。他认为“藕断丝连”是美的，“牵肠挂肚”，又是肠又是肚，不美！于是一气之下，向出版社领导告状，责任编辑因此受到了严厉批评。

平心而论，孙犁先生的雷霆之怒，是有点师出无名的。记得先生在一篇文章中说过：“人们偏爱自己的作品，像偏爱自己的孩子一样。”“藕断丝连”也许就是一个例子。人民文学出版社前任总编辑屠岸先生在回忆此事时，曾作出精辟的分析。他说：夫妻离婚以后仍暗中往来，这是“藕断丝连”。妻子思念丈夫，怎么能叫“藕断丝连”呢？至于“肠”啊“肚”啊，文学作品中从不回避。如苏东坡《江城子》：“料得年年肠断处，明月夜，短松冈。”曹雪芹《红楼梦》中有句：“告诉他，他要来又由不得他；不来他又牵肠挂肚的，没的教他不受用。”这些都是传世名作，何来不美之说！

身为编辑，提起这两段旧事，是想到了改稿问题。改稿是编辑的日常工作之一。只会做案头工作的，不一定是好编辑；但不会做案头工作的，恐怕也不能算是好编辑吧。编辑改稿至少要考虑两点：第一，编辑有改稿的权力，但更要有改稿的能力。没有能力而妄动刀斧，是难免把“哗哗哗”改成“哗哗”的。第二，编辑既要提高改稿的能力，还要懂得改稿的艺术。其中核心问题是要学会和作者沟通，努力争取作者的理解和认同。否则，即使你改得无懈可击，遇到“偏爱孩子”的作者，仍有“藕断丝连”的尴尬，岂不冤哉枉也！

（2015年5月）

别放过一个“初”字

在《求是》杂志做过编辑的瓜田先生，是一位杂文家。他写有一篇千字文，谈《郑伯克段于鄢》。我还是多年前读的，至今仍留有印象。

《郑伯克段于鄢》出自《左传·隐公元年》，《古文观止》列于卷首，也是中学语文课本的重点篇目。各种版本的古代文选，几乎都能看到它的身影。本人读大学时，背过这篇文章，广益书局的本子。记得第一句是“初，郑武公娶于申”，故事结束的一句是“遂为母子如初”，编者称它是“初字始，初字结”，赞赏有加。瓜田先生却认为，这后一个“初”字，恰恰是文中的一处败笔。

且让我们梳理一下人物关系：郑武公娶妻姜氏，生有两个儿子：大儿子郑伯即后来的庄公，小儿子共叔段。“庄公寤生，惊姜氏……遂恶之”，这是

《左传》的原文。何谓“寤生”，学界说法不一，有王力的难产说，南怀谨的迷糊说，还有什么闭眼说、窒息说等等。不管哪种说法，反正姜氏在生产时受了惊吓，从此便讨厌这个大儿子。后面一切变故便由此而生。

姜氏开始想立小儿子为太子，丈夫没同意；庄公即位后，她又挖空心思为小儿子争封地；直到后来策动小儿子谋反。庄公对此早有准备，“郑伯克段于鄢”，姜氏因此被“隔离审查”。庄公撂下一句狠话：“不及黄泉，无相见也!”郑国有个地方官颍考叔，担心庄公背上不孝的罪名，拼命做庄公的思想工作，还想出了一个挖地道的方法，让母子俩“黄泉相见”。庄公和姜氏终于走到一起，“其乐也融融”。左丘明于是以“遂为母子如初”作结。

瓜田先生分析认为：“母子如初”用在一般人身上，可能无懈可击；用于姜氏和庄公，则大谬而不然。自庄公出生的那一刻起，姜氏对他只有一个字：恶。“黄泉相见”以后，母子关系得到改善，可以说亲情回归，也可以说不计前嫌，就是不能说“母子如初”。一用这个“初”字，不是又回到势若水火了吗？我很钦佩瓜田先生的敏锐。他挑出

“初”字说事，不仅给了我们如何读书的启示，还给作者和编辑提供了一个思考的案例。

作者当然不能放过这个“初”字。一个有责任感的作者，在动笔前要冥思苦想，瞻前顾后，从谋篇布局到遣词造句，不存一丝松懈；在完篇后则要如鲁迅所说，至少看两遍，浅唱低吟，字斟句酌，改正一切可能存在的瑕疵。当年聂卫平参加中日围棋擂台赛，在他全神贯注时，能挽狂澜于既倒，剩下一个人也能笑到最后；而一旦以为胜利在望，下随手棋，往往会痛失好局。“遂为母子如初”这句套话，我看正是写作中的一步随手棋。

编辑尤其不能放过这个“初”字。老虎也有打盹的时候。作者再认真，也会在书稿中留下疏漏。而这正是编辑的用武之地。编辑在处理稿件时，应以多就少改为原则，可改可不改的尽量不改，涉及文字风格或学术观点的原则上不改，但遇到“遂为母子如初”，即使是出于名家之手，那也非改不可。一个编辑，看到硬伤也许不难，挖出暗伤则需要功力，但只有这样才称得上是“把关人”。

别放过一个“初”字，应成为我们的共识。

（2016年5月）

冷盘、热炒、萝卜干

搞报纸的同志，十分重视新闻的时效性，主张多用“今日讯”，而把“最近”“不久以前”之类列为新闻禁忌用语。有人形象地称之为“抓活鱼”。如果对“今日讯”不作狭隘理解的话，我觉得这种重视时效的观念，对于出版工作尤其是刊物编辑工作，同样也是适用的。

刊物，介于图书和报纸之间，兼有图书的容量和报纸的速度。衡量刊物的优劣，时效性自应是一个标准。《青年一代》主编夏画同志富有办刊经验，他曾对我说过一则妙喻：“一个好的刊物，不但要有‘冷盘’，而且要有‘热炒’，这样才能让读者享受到精神盛宴。”他所说的“冷盘”，我猜想是指“四时皆宜”的储备稿件，而“热炒”无疑是新闻界人士所说的能让读者眼睛为之一亮、精神为之一振的“活鱼”。刊物没有“冷盘”，难免发生恐慌，失去回旋的余地；而没有“热炒”，更会生机索然，单调乏味，影响读者的胃口。笔者也在经营刊物，深以此论为然。

要想端上“热炒”，关键在于货源。这就要求编辑部必须保持“必要的张力”。读者的口味并不是一成不变的。读书热点的形成，更是一个复杂的社会文化现象。日本著名的企业家土光敏夫在就任东芝电气公司总经理时，向全体职工讲的第一句话是：“让一切都充满活力！”活力从何而来？土光敏夫提出一个公式：活力=智力×（毅力+体力+速力）。这里的“速力”是值得玩味的。面对高速旋转的世界，刊物编辑部要有“智力”自不待言，而且要有“速力”，要始终保持一种紧张感，触角要灵敏，判断要及时，要有强烈的捕捉意识和出击能力。遗憾的是，某些刊物还是习惯于守株待兔，以拼满版面为满足。一些明星轶事、海外奇谈，你抄我摘此起彼伏。一位友人戏谓之曰：这既不是“冷盘”，也不是“热炒”，而是存心让读者咬“萝卜干”，不倒胃口才怪！

（1987年8月）

学会“喊一嗓子”

喊一嗓子的，是一家民营书店的老板。

2014年11月21日上午10点左右，杭州京杭大运河边的晓风书屋门前，有一行人在缓缓经过。书店老板朱钰芳一眼看出，其中一人是李克强总理。她抑制不住心头的激动，突然喊了一嗓子：“总理好！欢迎到书店来坐坐。”

李克强总理是去考察京杭大运河的。在他的预定行程中，本没有访问书店的计划。但朱钰芳的这一嗓子，让他怦然心动。总理停住脚步说：“书店真的好久没逛了。”说着便领着一行人进了店堂，和朱钰芳聊起了书店经营。

朱钰芳这一嗓子，喊得真是时候！正是这一嗓子，在这家书店的历史上，写下了辉煌的一页。总理的亲切视察，也让书店赢得了社会更多的关注。

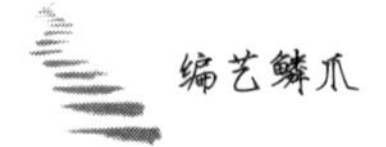

晓风书屋创办于1996年，至今已有近20年的历史。和其他实体书店一样，晓风书屋也在面临着网络的冲击。但朱钰芳没有停住脚步，相反却挺身而出，逆势上扬，接连开出了12家分店，创造了民营书店的奇迹。这恐怕和她善于“喊一嗓子”是分不开的。

她用书店的个性“喊一嗓子”。所开的每一家分店，都有自己的“独门秘诀”，别人难以复制。比如总理视察的运河分店，便是以南派三叔为号召，书店是读者和南派三叔联系的桥梁。每天都有粉丝给南派三叔留言，朱钰芳已转交了十几本留言簿。刚开张的第12家分店位于西湖的北山路，和新新饭店为邻，为了和饭店的百年建筑相呼应，书店也定位为“民国腔调”，店堂里还展出民国范儿的小物件，让读者一进门便能有一种亲近历史的感动。

她用书店的文化“喊一嗓子”。懂得靠文化的黏性，去吸引读者，凝聚读者。为此，不仅重视书的品位，而且重视店堂的品位。晓风书店的一大特色，便是举办免费的文化讲座。自2011年以来，每年举办五六十场，陈丹青、白先勇、土家野夫等名人都曾是主讲嘉宾。一到开讲座日，读者蜂拥而来，后来的人只能站在门外，从人缝里听取片言只语。正是这些活动，让这家书店成了读者心目中的“书香扑鼻，晓风醉人”的“文化家园”。

她还坚持用书店的服务“喊一嗓子”。一个有现代经营理念的老板，为了让读者有宾至如归的感觉，书店除了书以外，还供应正宗的龙井茶、现磨的咖啡和各式小点心，让读者静静地享受购书、读书的乐趣。甚至，还在店堂里辟出“儿童读书区域”，给孩子一个和书交朋友的机会，父母亲和孩子进店以后可以各得其所。

有网友戏称，朱钰芳冲着总理“喊一嗓子”，这是一次勇敢的“搭讪”。朱钰芳的回答是：我只是把总理看作读者。纵观朱钰芳的开店史，我们发觉她一直在冲着读者“喊一嗓子”，如果要说勇敢的话，这是真正的勇敢的“搭讪”。在社会的文化博弈中，晓风书屋的前景如何，我们无法预测。但朱老板以传播文化为己任的勇气，是值得点一个赞的。

无论是读书的人，还是编书的人，都应该学会“喊一嗓子”。

（2015年3月）

刮一场“蓝色旋风”

图书市场一路走低。一见到“发行”二字，出版人的心头很“纠结”：怎么“发”才“行”?没有想到突然传来了好消息，封面为深蓝色的《辞海》第六版彩图本，定价高达1080元，竟在4个月的时间里，足足销出7万套，刮起了一场“蓝色旋风”。

《辞海》并不是什么新品种。第六版彩图本的发行，也没有什么特殊的优势。第一，它无法凭借“明星效应”积聚人气；第二，它也没有什么爆炸性的题材“震撼市场”；第三，它更不是靠炒作“绯闻”之类去忽悠读者。《辞海》就是《辞海》，堂堂正正，规规矩矩。它是怎么创造发行奇迹的呢？综观彩图本的发行过程，又一次印证了这样一个观点：发行，是一场战斗。

因为是一场战斗，所以一定要有必胜的信心。

《辞海》自1979年以来，每十年修订一次。内容与时俱进，印数却逐版下跌。第五版彩图本是2001年8月面世的，发行多年只销出2.3万套。难怪第六版发行以前，不少人对市场前景并不乐观，华东地区某个经济发达省份，只报了区区70套的订数。难能可贵的是，以彭卫国社长为首的上海辞书出版社领导班子，却始终坚信精品图书是有市场的，知识的魅力是永远存在的，正是在这种信念的支持下，他们表现出了一往无前的锐气。

因为是一场战斗，所以一定要谋定而后动。《辞海》第六版有两种版本，既有五卷本的彩图本，也有一卷本的缩印本。彩图本的目标读者是学校、图书馆、政府机关、文化团体，缩印本的目标读者是个人。为了不打乱自己的阵脚，出版社先出彩图本后出缩印本。这里面显然有着市场谋略。同样，彩图本订价1080元，除了依据精细的成本核算外，还考虑到了市场的需要。这一价位正好弥补了市场上缺少千元左右精品图书的空白。彩图本选定在2009年国庆节前上市，当然有向国庆献礼的特殊意义，更因为接踵而来的是圣诞、新年、春节等一系列节日，这就为市场销售搭建了广阔的平台，《辞海》

不言而喻可能成为礼品书的首选。总之，从这一系列的细节，我们不难看到《辞海》第六版的发行是经过认真设计的，是有一个周密的计划的。

因为是一场战斗，所以一定要有坚持到底的韧性。早在2009年2月，当编辑还在处理第六版的二校样时，彭卫国社长便组建了宣传营销工作小组，自己亲任总指挥。从这时开始，《辞海》第六版的发行战便已打响。他们步步为营，层层渗透，顽强地向全国市场推进，一步一个脚印。他们的第一个动作是：调查全国中学图书馆的《辞海》配备情况，目标非常明确。接下来又是召开营销研讨会，又是开展营销人员培训，把力气都用在刀刃上。彩图本出版以后，更是派人在全国巡回推介。一环紧扣一环，一浪高过一浪，“蓝色旋风”终于席卷全国。

发行——怎么“发”才“行”？具体的做法也许不能完全复制，但市场的规律还是可以总结的。让我们也来刮一场“蓝色旋风”吧。

（2010年5月）

购书人的眼光

书店卖场如何布置，我想以一个购书人的眼光，谈一点纯属门外汉的看法。

首先，书要到“位”，该放哪里就放哪里，不能漫不经心。当年曾有书店把《钢铁是怎样炼成的》当成了冶金著作，放上了科技书架，如今这类笑话仍在继续发生，我就看到某家书店的医学书架上，赫然放着毕淑敏的小说《拯救乳房》。我曾编过一套“文艺知识丛书”，某家书店不知为何分别放在文艺理论、古典文学、外国文学几个柜台，“妻离子散”，天各一方，让我这个责编看了，心中实在不是滋味。至于书架上写的是“社会科学”字样，走近一看却一溜儿放着教辅图书、作文大全，这就更违背了书店布置的基本游戏规则。

其次，宣传要讲究信息量。我坚决反对在店堂里张贴什么《服务守则》，悬挂什么“为书找读者，为读者找书”之类的标语，这是没有任何实际意义的。恩格斯都说过“一打纲领比不上一步实际行动”，服务质量方面关键是做而不是说。书店要向读者传递有效信息，比如，本店最近到了哪些新书，哪几本书销售名列前茅（一定要真实可信，不能弄虚作假），专家对某些书的评价，甚至可以辟一专栏，让读者自由发表三言两语的读书感想……总之，要让读者即使不买书，到书店里转一圈，也能了解到出版界的动态，把握到读书人的趋势。

第三，摆放既要科学，又要艺术。科学是指要合理利用空间，要让读者和图书处于和谐之中，入口和通道要防止堵塞，书要看得清，够得着，特别是一些重点推销的图书要充分展示。台湾一书商告诉我，一本书是展示书脊还是展示封面，它的销售机会是一与十二之比。店堂摆放便要体现这方面的生意经。艺术则是要符合美的原则，要有品位，要讲格调。店堂的硬装潢不可能经常改变，但是软装潢却不妨时时推陈出新，让老读者不时有“惊艳”之感。比如，不同的书可以堆出不同的“书花”，不同的季节可以选用不同的装饰。我在瑞典看到一家书店，在图书展台上很随意地放了一盆番茄，那可爱的红色让店堂充满生趣。我非常欣赏这方面的别具一格。

最后再说一点，是卖场要有人情味，要真正做到以人为本。比如，要让读者一眼就能看到哪里是收银台，哪里是洗手间；如果条件允许，也不妨辟出一块休息区，让读者喝喝茶，歇歇脚。但是购书区一定要和休息区分开。书店就是书店，是卖书的场所，不是书房，不是沙龙，不是阅览室，不是图书馆。如果在店堂里设置坐椅，甚至摆上咖啡桌，让人一面翻书，一面喝咖啡，我认为这必然会导致书店的异化，让真正想买书的人感到很不自在。我们没有必要犯傻。

（1988年10月）

接力赛中我这一棒

（代 跋）

收于本书的文字，大部分刊于《编辑学刊》。该刊编辑不仅是“催生婆”，而且是“美容师”，为这些文字做了大量琐碎的工作，我很感激她们。《编辑学刊》创办三十年时，应约写过一篇回忆文章，现移作本书的代跋。

编辑是干什么的？有同行曾这样说：编辑犹如接力赛中的选手，从前边的人手中接过棒，然后撒腿向前奔去，把棒交给后边的人。对于期刊编辑来说，这一比喻尤为贴切。现在就来谈谈自己是怎么跑《编辑学刊》这一棒的。

2001年9月的一天，收到孙颙的一封信。他告诉我说雷群明要到北美探亲，希望我挑起《编辑学刊》这副担子。孙颙任上海文艺出版社社长时，和我曾在一个办公室里办公；升任新闻出版局局长以后，仍然经常回娘家看看，有事一般都是当面说上几句，或者打个电话交代一下，很少用写信这种形式。这次郑重其事地写上一封信，我想是为了让我有个考虑的时间吧。

实话实说，我有点犹豫。主要有两方面的原因：一是分身乏术。当时我是文艺出版社副总编辑，也是文化出版社总编辑，还要兼任几个刊物的主编。特别是《咬文嚼字》创办不久，要投入大量的精力。二是心里犯怵。我和雷群明曾多次合作，深知他热爱出版工作，视编辑为太阳底下最好的职业，在主持《编辑学刊》时殚精竭虑，把刊物办到了相当的高度。谁来接这个刊物，都会有“高处不胜寒”的感觉。然而，于公于私，于情于理，我都没有退却的理由。孙颙几天后从昆明开会回来，在电话里问我考虑的结果，我的回答是：“试试看吧。”没想到一试就是十四年！

俗话说：“看人挑担不吃力，自己挑担重千斤。”回看刚接手时的刊物，我能立刻感觉到自己的手忙脚乱。匆匆搭建工作班子以后，便是心急火燎地组稿催稿。当时已是年底，雷群明处虽转来一些存稿，但我毕竟是个生手，心中没底。我曾在卷首语中用过一个标题——《凭“栏”翘首盼稿来》，

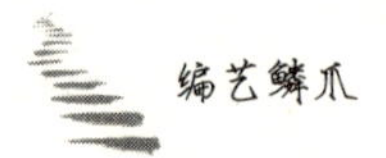

由此可见惶惶不可终日的窘态。在这关键时刻，幸亏有各方援手。在此，我要特别感谢中国编辑学会前会长、副会长刘杲、邵益文先生，感谢上海编辑学会老会长巢峰先生、上海出版协会前主席江曾培先生，感谢北京吴道弘、香港陈万雄、上海李伟国、江西朱胜龙诸位，他们以各种形式予刊物以支持，终于保证了刊物的顺利交接。

我国编辑出版类刊物为数并不多，屈指算来不过十家左右，但生存都比较艰难。我过去虽然也写一点这方面的文章，但很少从刊物全局考虑问题。这次接手刊物以后，不能不想一想刊物的大环境和小环境，想一想期刊的现状和未来。我的前任王华良先生是一位学者，他主持的刊物具有浓厚的学术气息；雷群明先生则是一位出版活动家，在出版界拥有广泛的人脉资源，办刊视野开阔，触角敏锐。我自忖缺乏他们二位的优势，只能从常规思路出发，集中考虑了以下几个问题：

首先是确认刊物的定位。编辑学刊编辑学刊，关键是两个字：一个是“编”，一个“学”。“编”既是本刊的读者对象，也是本刊的依靠力量。这个“编”是一个大概念，它包括传统的图书编辑、期刊编辑，也包括报纸编辑、广电编辑、网络编辑，为此我们后来开辟了“传播前沿”一栏。“学”则体现了本刊的性质，同时也是评判本刊价值的依据。我们提出《编辑学刊》要成为“编辑学的理论高地，出版人的精神家园”，自觉为推动学科建设，贡献自己的一份力量。

其次是巩固和发展刊物的个性。在全国编辑出版类刊物中，《编辑学刊》是一个老牌刊物，创刊伊始便显示出了自己的独特风采。和其他兄弟刊物相比，它不以传达出版政策见长，也不以报道编辑活动取胜，在一定程度上具有一种海派特点，能把理论探索和编辑实践巧妙地结合起来。我觉得这是

会议间隙，上海市新闻出版局局长孙颙关心《编辑学刊》工作。立者为孙颙，坐者左为雷群明、右为郝铭鉴

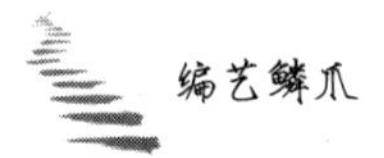

几位前任们的智慧结晶。在我接手后的几年中，力求巩固和发展这种特色。我们反复强调的是两个方面：一方面是贴近出版实践，希望刊物能与时俱进，无论是组建集团、“走出去”，还是数字出版、互联网+，都要及时提供深层次的思考；另一方面是提倡换副笔墨，本人习惯杂文思维，不喜欢堆砌术语，推崇《共产党宣言》的“一个幽灵”的比喻，推崇赫胥黎《物种起源》的“恺撒大帝”的开头，推崇朱光潜的一棵松树三种态度的解释。这在一定程度上影响了刊物的风格。

再次是激发刊物的活力。一个刊物单靠红头文件是无法形成影响的，单靠经济补贴同样是无法持久生存的。刊物一定要有自身的造血能力，要寻找到属于自己的立足之地。为此，我们注重内外兼修。做编辑的，过去强调要坐得住，要有案头功夫；现在则不仅要坐得住，还要走得出。正是根据这一要求，我们建立了和出版界保持广泛联系的理事会；在华东师范大学出版社的支持下，举办了“智慧杯”征文大赛；和上海编辑学会联手，开设了名家荟萃的“海上人文讲坛”；利用到各地出差的机会，组织“专题圆桌会议”……这些举措在一定程度上提高了刊物的知名度和美誉度。

一十四年过去，弹指一挥间。其中的酸甜苦辣，却不是外人所能尽知的。《编辑学刊》的班子一直处于动荡之中。特别是在2003年，退休的退休，调动的调动，编辑部几成空城。万般无奈之下，我从上海文化出版社挖来孙欢同志。我在文化出版社时，深知孙欢业务能力。她在选题上勇于开拓，在做书上感觉敏锐，尤其是善于联系作者，有一种特别的亲和力。调入《编辑学刊》后，开始是副主编，后来和我并列主编，实际上从2004年开始，刊物的工作是由她独立主持的，我是名副其实的“甩手掌柜”。孙抓刊物抓得很细，从选题的设计到稿件的取舍，从封面的照片到版式的变化，无不一竿子抓到底。她后来又从上海人民出版社引进姚丹红同志。姚曾是《青年一代》的副主编。加盟《编辑学刊》后，从编辑部主任到副主编，开始对刊物不太熟悉，现在已全面负责一线的组稿审稿工作。孙姚组合形成以后，《编辑学刊》逐渐走上了稳定发展之路。这一阶段的刊物工作，应该由她们作出总结，我在这里只能撮其要者，谈谈刊物在三个方面的追求：

第一是理论的深刻性。本刊同仁始终没有忘记刊物的学术属性。长期开设的“编海冲浪”“深度思考”“传播前沿”等理论专栏，力求每期能发一两篇可在业界引起广泛思考的文章。为此，编辑部曾研制“作者地图”，提出“紧逼盯人”，在全国范围里搜寻好稿。回顾走过的历程，我们感到欣慰的是，在本刊首发的肖东发谈当代读书、俞晓群谈出版文化、巢峰谈出版滞涨、陈昕谈文化脊梁、祝君波谈数字出版、贺圣遂谈科学出版观……这些让人眼睛一亮的作品，都曾在业界产生广泛的影响。它们称得上是编辑出版理论研究的标志性的成果。

第二是编辑经验的典型性。任何理论都来自实践经验。离开实践，一切理论都成了空谈。为此，本刊十分重视编辑经验的总结。其中，既有对人的总结，如采访业界的领军人物；更有对产品的总结，通过经典的案例，传播先进的出版文化。在图书方面，我们挖掘历史上的“三红一史”、《十万个为什么》等经典的编辑经验，同时总结《追风筝的人》、朱德庸现代漫画等热点产品的编辑经验。在期刊方面我们介绍《读者》《故事会》《三联生活周刊》《中国国家地理》等成功刊物，同时介绍海外风行的《美国国家地理》《纽约客》等名刊大刊。为了扩大这些案例的影响，让它们发挥教科书的作用，我们还推出了“《编辑学刊》书系”，其中的《倾听书海》《刊林好个秋》在高校编校出版专业深受好评。

第三是思想表述的鲜活性。这可以说是本刊一贯的追求。为此，我们长期开设以思想杂谈为主的专栏，先前有《出版三家村》《编余短札》，后来有《出版四重奏》《编林短笛》。我们对这些专栏的要求是：有感而发，不拘一格，议论风生，有血有肉。褚钰泉、房延军、曹正文三位，曾作出过重大贡献。钰泉兄不幸于上月溘然离世，重读他的大作，悲痛难抑。在此，谨对钰泉兄表示诚挚的哀悼。江晓源、叶延滨、李景端、刘绪源、郑一奇诸先生在这方面也功不可没。他们几位思想的敏锐和文笔的老到，深受读者称赞。

写到这里，我感到一身轻松。自2016年起，刊物的担子已完全压在孙欢身上。“炮竹一声除旧，桃符万象更新”。我已经交出了手中的接力棒。孙姚组合一定会更加默契，《编辑学刊》的明天一定会更加美好。

图书在版编目（CIP）数据
出版的灯光 / 郝铭鉴著 .—上海 : 上海文化出版社，2017.3
ISBN 978-7-5535-0695-1
Ⅰ . ①出… Ⅱ . ①郝… Ⅲ . ①出版事业－中国－文集
Ⅳ . ① G239.2-53

中国版本图书馆 CIP 数据核字 (2017) 第 047577 号

出版的灯光

责任编辑：孙　欢
封面设计：王怡君
版式设计：老　兔

出　版：上海文化出版社　上海咬文嚼字文化传播有限公司
地　址：上海打浦路 443 号荣科大厦 17 楼
印　刷：上海文艺大一印刷有限公司
规　格：787×1092 1/32
印　张：6.5
版　次：2017 年 4 月第 1 版 2017 年 4 月第 1 次印刷
书　号：ISBN 978-7-5535-0695-1/I.200
定　价：25.00 元
告读者：如发现本书有印刷质量问题请与印刷厂质量科联系
电　话：021-57780459

本书由上海文化发展基金图书出版专项基金资助出版